「あの日」からぼくが考えている「正しさ」について

高橋源一郎

はじめに――ツイッター、3・11、この本が生まれたわけ

ぼくがツイッターを始めたのは、2009年の暮れだった。そして、始めてすぐに、そこには、新しいなにかがあることに、ぼくは気づいた。

ツイッターは、140字という限られた字数で、すべてを表現しなければならない。そして、それを読むのは、インターネット上の未知の読者だ。なにかを書き込むと、ただちに、向こうから、反応がやって来る。それは、ことばを使う仕事に従事するぼくにとっても、初めての体験だった。

多くの場合、書き込むことができるのは、ツイッターの語源に近い、ほとんど意味のない「つぶやき」だった。けれども、もっと、他にもできることがあるのではないか、とぼくは思った。

ぼくは、ある晩、「午前0時の小説ラジオ」という「番組」を始めた。午前0時

に、1時間近く、時には、2時間近く、一つのテーマについて、連続してツイートしてみることだった。

深夜、これから「つぶやく」予定のことをいくつか記(しる)したメモを目の前に置き、パソコンに向かい、午前0時になった瞬間に、即興でキイを叩き始める。どんなことを書いてみようか。計画はあるけれども、決まっていることはなにもなかった。時には、政治が、時には、文学が、時には、もっと別のなにかがテーマになった。いや、時には、ぼくのお好みの文章を、ただ、書き写すだけのこともあった。そうやって、ぼくの手元から「ことば」が、インターネットの「海」に流れていった。

まるで、街頭に立って、ギターを弾いたり、詩を朗読する人のようだった。多くの場合、街頭を歩く人は、ほとんど無関心で、その弾き手や、朗読者の横を通りすぎてゆく。それでいいのだ、と思った。生々しい「ことば」が飛び交い、直接、取り引きされる現場に、自分の「ことば」を置いてみること。それは、ずっと、ぼくがやりたかったことのような気がした。

幸い、反響があって、その「ことば」を出版してみませんかといわれることもあった。申し出に感謝しつつ、けれども、ぼくは、断ることにした。

ふだん、ぼくが書いている、小説や評論やエッセイの「ことば」とは、異なったものとして、もっと直接的ななにか、として、それを扱いたいと思ったからだ。

そして、「あの日」がやって来た。２０１１年3月11日だ。

「あの日」の前にも、もちろん、ぼくは、たくさんの「ことば」を話し、書いてきた。けれども、「あの日」からは、それより前とは、同じように「ことば」を話すことも、書くこともできなくなった。そして、その理由を説明することは、とても難しかった。

「あの日」の後、ぼくは、いつにも増して、たくさんの「ことば」を書いた。あるいは、話した。それは、小説であり、評論やエッセイであり、その他、さまざまな形をしていた。

けれど、その中心には、ツイッターでの「つぶやき」がいつもあったように思う。もしかしたら、他の形でもよかったのかもしれない。でも、その時、ぼくが考え、「ことば」を送り出す場所として、それ以上のものは考えられなかった。

そこは、直接的な感情がやり取りされる場所だった。おびただしいことばが、生まれては消え、また絶えず生まれた。一つのことばが波紋を呼び、どこから遠くの知らない人たちからの、ことばが一斉にやって来ることもあった。闇を切り裂いて、鮮烈な映像が届けられることもあった。情報は、他のどんなメディアよりも速かった。そこには、間違いも、ためらいも、同情も、呻きも、嘲笑も、自制も、攻撃も、哀しみもあった。いいものも、悪いものも、それよりずっと多くの、おそらくは両方の成分を持ったものが、たくさんあった。

　誤解すること、誤解されること、傷つけること、傷つけられること、それもまた、その場所の特徴だった。けれども、とぼくは思った。どんな場所でも、人は、ことばを発することによってしか、理解し合うことはできない。仮に、それが、とても小さな可能性であったとしても、それ以外の方法はないのである。

　なにもせずに、ただ、その場所を見つめている時もあった。そのようにして、ぼくは、２０１１年を過ごした。この時期に、ぼくが書いたものすべてに、それは深く影響している。

　ぼくが、この本を作ろうと思ったのは、それから、その中に、出版するつもりのなかったツイッター上の「ことば」を載せようと思ったのは、「あの日」の前と後で、なにが変わったのかを知りたいと思ったからだ。

だから、ここには、「あの日」から、ぼくがツイッター上に「放流」した「ことば」も、それ以外の場所で書いた、作家としての「ことば」も入っている。そして、どちらの「ことば」も、よく似ているように、ぼくには思えた。

それらの「ことば」は、以前よりもずっと、あなたたち読者に届けばいいのにと強く思って、話されたり、書かれたりしている。そのことを、ぼくは、とても大切なことだと思うのである。

2012年1月1日
高橋源一郎

目次

文章——2011年3月11日から書いたこと　171

日
twitter
記

2011年3月11日から考えたこと

3月に考えたこと

………3月のできごと………

- 3月11日＝14時46分、東日本大震災発生。東北地方太平洋沿岸で大津波、都心では帰宅難民も。
- 3月12日＝福島第一原発1号機、白煙を上げ爆発。
- 3月13日＝3号機、ベントや海水の注入も炉内の圧力下がらず。
- 3月14日＝東電、関東地方で計画停電を始める。3号機でも爆発音、2号機の冷却機能停止。
- 3月15日＝2号機で爆発音、高濃度放射性物質漏出。「フクシマ50」海外メディアで賞賛報道。
- 3月16日＝3号機で白煙。米軍、原発80km以内立ち入り禁止。
- 3月17日＝ヘリコプターで原子炉への散水を実施。
- 3月19日＝福島県内の牛乳などから暫定規制値を超える放射性ヨウ素検出。東京消防庁ハイパーレスキュー隊隊長が涙の会見。
- 3月20日＝渋谷区「電力館」の壁に「反原発」と落書き。
- 3月21日＝核燃料の損傷が確実に。
- 3月23日＝東京金町浄水場で放射性ヨウ素検出。
- 3月24日＝九電、玄海原発運転再開の延期を決定。福島県須賀川市の野菜農家の男性が自殺。
- 3月25日＝福島第一原発事故レベル6相当に。
- 3月26日＝第一原発付近の海水から安全基準の1250．8倍の濃度の放射性物質を検出。ドイツで反原発デモ25万人。
- 3月27日＝ドイツ・地方選で脱原発路線の「緑の党」が躍進。
- 3月30日＝東電勝俣会長、1～4号機の廃炉言明。

3月11日(金) 東日本大震災　発生

■おはようございます。今日はれんちゃんの卒園式、忙しい一日になりそうです。

■卒園式から帰宅。園長先生から卒園状をもらうと、一人ずつ両親のところへ行き、「こんなにおおきくなりました、ありがとう」といって、両親に卒園状を渡し、親が子どもに声をかけるのです。泣くな、というのが無理です……。ぼくはことばにつまって、れんちゃんを抱きしめるだけでした。

■みなさん、ご無事ですか？　びっくりしました。

■れんちゃん・しんちゃんの保育園のみなさん、当方、陸の孤島と化して、交通手段は徒歩のみとなっており、謝恩会に出席できません。あしからず、お許しください。携帯が繋がらず、状況が不明ですので、ツイッターを見られる方は、そちらから（もしくはメールで）お知らせください。

3月12日（土）

■さっき、コンビニに行ったら、見事に棚は空っぽでした。少し、遠出してスーパーに行ってきます。そこでもなくても、気にしないようにします。みなさん、お気をつけて。

■うちは都会のど真ん中ですが、24時間営業のスーパー、オリジン弁当、松屋、マックとすべて店じまい（コンビニは開いているが、すぐ食べられるものはもうなし）。唯一、開いていたバーガーキング（えらい）に長蛇（ちょうだ）の列、ぼくも並んで買いました。店のお兄さんが「売り切れるかも」とポツリ。

■さらに気をつけます。【＊先のコメントに対して、「必要以上に不安をあおられる」との批判を受けて】

3月13日（日）

■有効と思われる情報をＲＴし、デマや煽動を避け、目にあまれば指摘し、きちんとした額の寄付金を準備し、ここ数日の異変で情緒不安定になっている子どもたちに、いつもより優しくしてなにも怖くないから心配しなくていいよといい、健康であることに感謝しながら、粛々と日常生活を営みます。

■（理想的な）「共同体」とは、「日本人」とか「キリスト教徒」のような「国民」や「宗教」といった固定的な枠のものではなく、もしかしたら一期一会かもしれない、可変的な、「いま手を差し伸べたい」と感じられる（仮にそれが見えないものであっても）存在を含む繋がりと考えたいです。

■「原子力資料情報室」の情報をＲＴしたことで、いくつかの批判・疑問をいただきました。「原発問題の素人」であるのに、「反原発」の立場をとる民間団体の情報、それも立ち入り禁止区域でのダブルチェックされていない情報（測定結果）をＲＴするのは、如何なものか、というものです。

■①もちろん、ぼくは「原発問題」にかんして素人です。②ぼく自身は、いわゆる「反原発」主義者ではありません。③しかし、「原子力資料情報室」の過去の情報・資料・解説の中には（素人のぼくにとって）傾聴に値するものが複数ありました。

④よって、単なる煽動団体とも考えていません。

■⑤また、一般に、政府（公）の情報のみが信頼でき、民間の情報は信頼できないとも考えていません。⑥「原子力資料情報室」は、（公の情報を）ただ待つのではなく、自ら情報収拾に動いたのであり（それが事実なら）、ジャーナリズムとしては首肯できる行為だと思います。

■⑦なお、現在のところ、「原子力資料情報室」の提供している資料（測定）と政府の説明に、根本的な矛盾があるわけでもなく（そう理解しています）、落ち着いて読めば、人心を惑わす情報としてではなく、違う視点での考え方としてとらえられると思います。以上です。

■「こういう晩こそと思い、ご近所の矢作俊彦さんを誘って近くで飲んでいました。『世界』について話しながら」と書こうとして、一瞬、「不謹慎」といわれないかと思ってしまう自分に驚きました。「自粛の世界」にも気をつけなきゃいけませんね。

■みなさん、「不謹慎」なリプライありがとうございます。ちなみに、今晩、矢作さんと話したテーマの一つは、矢作さんがオフ・オフ・ブロードウェイで見た（たぶん1981年）、ハリウッドの往年のスター、カーク・ダグラスとバート・ランカスターが演じた『ハックルベリー・フィンの冒険』。

■かつて少年だったハックとトム・ソーヤーが養老院から脱走する物語。それをハリウッドの2名（老）優が演じる。そんな舞台が可能なのは、アメリカでもっとも読まれているのが聖書と『ハックルベリー・フィン』だから。ちなみに、日本で一番読まれているのは『こころ』と『人間失格』。

■少年文学（しかも脱走を謳う小説）が国民文学である国と、過剰な倫理を迫る小説が国民文学である国。日本人は、ほんとうには「自由」を知り得ないのではないか、というのが、「不謹慎」なぼくたちの今夜のお話の一つでした。

■すいません。ほんとに、飲み屋のカウンターでさっき話していただけです。大切な話はそういう時にされるものかもしれませんね。【＊「矢作俊彦さんとの『不謹慎な話』は、どこかに載ったりしないでしょうか？」という質問に対して】

3月14日（月）

■おはようございます。穏やかな朝ですね。

■4年生諸君へ。17日に予定していたゼミの打ち上げは、交通手段の確保が見込めないので、中止（延期）します。その後の予定は、また坂本さんに連絡してもらいます。

3月15日（火）

■おはようございます。今日は、もう少し明るいニュースがあるといいですね。
■買いだめは止めて、ふつうに暮らすことが被災地への協力になるってことですね。
■最初の爆発があった直後、原発に詳しい知人が「アメリカは、緊急時の原子炉冷却剤を持っているのに、どうして頼まないのだろう」と疑念を呈していたが、万策尽きて、頼んだということなのだろうか。
■知人も「冷却剤を使うと即廃炉なので、お金の面を考えると政府も躊躇うだろう」といっていました。【＊米軍からの申し出を日本政府が断った、という情報を受けて】
■枝野さんには、とりあえず汗をふいてもらいたい。周りで「なんだか、追い詰められた人間の冷や汗みたいで、思わず凝視してしまい、こわくなる」との複数の声

が。声だけ聞いてる分には安心させてくれるんだが。【＊枝野さん＝枝野幸男官房長官（当時）】

■いま、テレビは公共広告機構のCMばかりだが、なにが面白いのか、しんちゃんはチョーお気に入り。それはいいんだけど、最後の「ええ、しぃー」という声、「へんしーん」だと信じて、毎回ハモる。いまでは、ぼくも「へんしーん」に聞こえます。

3月16日（水）

■予定が続々とキャンセルされる中、一つ打合せをしてきました。話した編集者、連日テレビで津波の映像が映り、子どもが怖がるので「じゃあ、DVD見ようね、好きなの持っておいで」といったら、持ってきたのが『崖の上のポニョ』。その人も子どもも、どんな映画か見たことがなかったので、途中で絶句。

■というか、今日、子どもを九州まで「疎開（そかい）」させたそうです。そうか……。

■どうも、「子どもを連れて西へ移動する（母）親たち」＝「東京に放射能が降って来ると思い込みパニックに陥っている愚か者」という観点の批判が散見されますが、何人かに訊ねましたが、だいたいは「東京は日常生活に支障を来しつつあり、雰囲気が刺々しくなって、子どもの精神状態によろしくない」

■「なので、少し早い里帰りのつもりで行く」という人が多かったようです。「新幹線？　混んでたら、立たせますよ。そういう経験もいいんじゃないですか」とも。

（母）親をバカにしちゃいけません。考えて行動している人、多いです。

■いやあ、TL、荒れてるねえ……。ぶっちゃけ、みんな、カリカリしすぎっすよ（気持ちはわかるけど）。ぼくなんか、幼い子どもはふたりいるし（大きいのはもっと）、ままならぬこともたくさんあるし（いえないけど）、でも、カリカリしないようにしてます。さあ、肩の力を抜いて、深呼吸！

■保育園から戻ったれんちゃん、いきなり「うんこいってきます！」。走り去ろうとするれんちゃんに、しんちゃんが「ねえ、うるとらまんにきょうみある？」（文脈がぜんぜんわからない）。立ち止まったれんちゃん、きっぱりと「ない！」。すると、しんちゃんが「がーん！」。いや、それだけの話です。

■どうして、東京から「逃げる」、という言い方になるのか、よくわからない。東京から「出る」、でいいんじゃないですか。ぼくは、東京から「逃げない」のではなく、ただ東京に「いる」だけです。それじゃ、ダメなの？

3月17日（木）

■お休みなさい、糸井さん。ぼくは、昨日の晩からずっと、この「震災」に関係のある仕事をしています。【＊糸井さん＝コピーライター・エッセイストの糸井重里氏】

■余座さんへ。ちょっとリプライし損ねているうちに、あなたのツイートがTLに埋もれてしまったので、ここから返事します。中止になった卒業式の代わりに、学生諸君が「自主卒業式」を行うなら、喜んで出席します。

■まさか、デーブ・スペクターをフォローする日が来るとは思わなかった。

■「こういう寒い夜に聞くと温まるヒップホップコンビ↓m－風呂」を読んで、コーヒーをキーボードの上に吹きました。デーブ、危険すぎるダジャレだ。

■我々は、こんなにも「笑い」に飢えていたのか……。

3月18日（金）

■デーブにならって、一日ひとつぐらいダジャレをツイートすべきなのかもしれない。こんな日にこの人の毒舌を聞いて温まりたい……ヒートたけし。ダメだ、ダジャレの才能はないみたい。

3月19日（土）

■豊川稲荷の桜が咲いています。とてもきれいだ。タクシーの運転手さんが、東京で最初に桜が咲くのは英国大使館裏で、そこも咲いていますとおっしゃっていました。こういうのって、もうニュースにならないんですね。桜を見かけたら、教えてください。いつもの年と同じように咲いています。

■明日20日（アメリカは19日）が、月が19年ぶりに地球に大接近するスーパームーンで、遠距離時に比べて14%大きく30%明るく見えるそうです。たぶん、ものすごく美しいんだろう。

■デーブ・スペクターに座布団三枚。【＊デーブ・スペクター氏の「避難民がたくさんいるこういう時に、文句や苦情ばかり言う『非難民』にはならない方がいいと思います」という呟きに対して】
☞［エッセイ］「3・11 ニッポンの『戦争』——Post-Postwar」（『ニューヨーク・タイムズ』オピニオンページ）掲載／本書173ページ収録

3月20日（日）

■れんちゃんとしんちゃんは、『バトルスピリッツ』↓『ゴーカイジャー』↓『仮面ライダーオーズ』への黄金のリレー中。いつもの日曜日です。
■いつか、官房長官をやらせてみたい。【＊政治学者・菅原琢氏が「都知事候補としてデーブ・スペクター氏に接触する政党が現れるのではないだろうか」と呟いたことに対して】
■ぶれないデーブの素晴らしさがさらに際立つ。【＊『AERA』が名物の「1行コピー駄洒落」を封印した、という情報を受けて】
■「午前0時の小説ラジオ・震災篇」予告①　今夜は、「小説ラジオ」をやります。最近フォローされた方はご存じないかもしれませんが、一つのテーマでの連続ツイートです。長い時には、2時間近く続くので、フォローを解除されてもけっこうです。

■「小説ラジオ」予告② 土曜日は、ぼくが勤めている大学の卒業式がある日でした。しかし、「非常時」のため、卒業式はなくなりました。けれども、その日、学生の3分の2ほどは、少々、着飾って、卒業式のない学校に集まったのでした。行くあてもなく、学内を彷徨する学生たちは難民のようでした。

■「小説ラジオ」予告③ 結局、学生たちは、いつしか学内のホールに集まり、予定されたプランのない「卒業式」のようなものを行ったのでした。ぼくは、その場所へ「祝辞」を書いて持って行きました。けれど、ひどい風邪で声が出ず、またいささか長かったので、それを朗読することはありませんでした。

■「小説ラジオ」予告④ 今晩の小説ラジオは、そこで朗読するつもりだった「祝辞」です。それは、卒業式ができなかった学生諸君すべてへ贈ることばでもあります。タイトルは「『正しさ』について」です。では、あと2時間後、午前0時にお会いしましょう。

3月21日（月）

■「午前0時の小説ラジオ・震災篇」・「『正しさ』について——『祝辞』」① 今年、明治学院大学国際学部を卒業されたみなさんに、予定されていた卒業式はありませんでした。代わりに、祝辞のみを贈らせていただきます。

■「祝辞」② いまから42年前、わたしが大学に入学した頃、日本中のほとんどの大学は学生の手によって封鎖（ふうさ）されていて、入学式はありませんでした。それから8年後、わたしのところに大学から「満期除籍」の通知が来ました。それが、わたしの「卒業式」でした。

■「祝辞」③ ですから、わたしは、大学に関して、「正式」には「入学式」も「卒業式」も経験していません。けれど、そのことは、わたしにとって大きな財産になったのです。

■「祝辞」④ あなたたちに、「公」の「卒業式」はありません。それは、特別な経験になることでしょう。あなたたちが生まれた1988年は、昭和の最後の年でした。翌年、戦争と、そしてそこからの復興（ふっこう）と繁栄（はんえい）の時代であった昭和は終わり、それからずっと、なにもかもが緩やかに後退してゆきました。

■「祝辞」⑤　そして、あなたたちは、大学を卒業する時、すべてを決定的に終わらせる事件に遭遇したのです。おそらく、あなたたちは「時代の子」として生まれたのですね。わたしは、いま、あなたたちに、希望を語ることができません。あなたたちは、困難な日々を過ごすことになるでしょう。

■「祝辞」⑥　あなたたちの中には、いまも就職活動をしている者もいます。仮に就職できたとして、その会社がいつまでも続く保証はありません。かつて大学生はエリートとされていました。残念ながら、あなたたちはもはやエリートではありません。この社会に生きる大多数の人たちと同じ立場なのです。

■「祝辞」⑦　だからこそ、あなたたちの生き方が、実は、この社会を構成する人たちみんなの生き方にも通じていることを知ってください。わたしは、この学校に着任して6年、知識ではなく、あなたたちに「考える」力を持ってもらえるよう努力してきました。

■「祝辞」⑧　その力だけが、あなたたちを強くし、この社会で生き抜くことを可能にすると信じてきたからです。あなたたちは、十分に学びましたか？　だったら、その力を発揮してください。まだ、足りないと思っていますか？　では、社会に出てからも、努力し続けてください。

■「祝辞」⑨　あなたたちの顔を見る最後の機会に、一つだけ話したいことがあります。それは「正しさ」についてです。あなたたちは、途方もなく大きな災害に遭遇しました。確かに、あなたたちは、直接、津波に巻き込まれたわけでもなく、原子力発電所から出る炎や煙から逃げてきたわけでもありません。

■「祝辞」⑩　けれど、ほんとうのところ、あなたたちはすっかり巻き込まれているのです。なぜ、あなたたちは「卒業式」ができないのでしょう。それは、「非常時」には「卒業式」をしないことが「正しい」といわれているからです。でも、あなたたちは納得していませんね。

■「祝辞」⑪　どうして、あなたたちは、今日、卒業式もないのに、少し着飾って、学校に集まったのでしょう。あなたたちの中には、少なからず疑問が渦巻いています。その疑問に答えることが、あなたたちの教師として、わたしにできる最後の役割です。

■「祝辞」⑫　いま「正しさ」への同調圧力（どうちょうあつりょく）が、かつてないほど大きくなっています。凄惨（せいさん）な悲劇を目の前にして、多くの人たちが、連帯や希望を熱く語ります。それは、確かに「正しい」のです。しかし、この社会の全員が、同じ感情を共有しているわけではありません。

■「祝辞」⑬　ある人にとっては、どんな事件も心にさざ波を起こすだけであり、ある人にとっては、そんなものは見たくもない現実であるかもしれません。しかし、その人たちは、いま、それをうまく発言することができません。なぜなら、彼らには、「正しさ」がないからです。

■「祝辞」⑭　幾人（いくにん）かの教え子は、「なにかをしなければならないのだけれど、なにをしていいのかわからない」と訴えました。だから、わたしは「慌てないで。心の底からやりたいと思えることだけをやりなさい」と答えました。彼らは、「正しさ」への同調圧力に押しつぶされそうになっていたのです。

■「祝辞」⑮　わたしは、二つのことを、あなたたちにいいたいと思っています。一つは、これが特殊な事件ではないということです。幸いなことに、わたしは、あなたたちよりずっと年上で、だから、たくさんの本をよみ、まったく同じことが、繰り返し起こったことを知っています。

■「祝辞」⑯　明治の戦争でも、昭和の戦争が始まった頃にも、それが終わって民主主義の世界に変わった時にも、今回と同じことが起こり、人々は今回と同じように、時には美しいことばで、「不謹慎」や「非国民」や「反動」を排撃し、「正しさ」への同調を熱狂的に主張したのです。

■「祝辞」⑰　「正しさ」の中身は変わります。けれど、「正しさ」のあり方に、変わりはありません。気をつけてください。「不正」への抵抗は、じつは簡単です。けれど、「正しさ」に抵抗することは、ひどく難しいのです。

■「祝辞」⑱　二つ目は、わたしが今回しようとしていることです。わたしは、一つだけ、いつもと異なったことをするつもりです。それは、自分にとって大きな負担となる金額を寄付する、というものです。それ以外は、ふだんと変わらぬよう過ごすつもりです。けれど、誤解しないでください。

■「祝辞」⑲　わたしは「正しい」から寄付をするのではありません。わたしはただ寄付をするだけで、偶然、それが、現在の「正しさ」に一致しているだけなのです。「正しい」という理由で、なにかをするべきではありません。「正しさ」への同調圧力によって、「正しい」ことをするべきではありません。

■「祝辞」⑳　あなたたちが、心の底からやろうと思うことが、結果として、「正しさ」と合致する。それでいいのです。もし、あなたが、どうしても、積極的に、「正しい」ことを、する気になれないとしたら、それでもかまわないのです。

■「祝辞」㉑　いいですか、わたしが負担となる金額を寄付するのは、いま、それを心からはすることができないあなたたちの分も入っているからです。30年前のわたしなら、なにもしなかったでしょう。いま、わたしが、それをするのは、考えが変わったからではありません。ただ「時期」が来たからです。

■「祝辞」㉒　あなたたちには、いま、なにかをしなければならない理由はありません。その「時期」が来たら、なにかをしてください。その時は、できるなら、納得ができず、同調圧力で心が折れそうになっている、もっと若い人たちの分も、してあげてください。共同体の意味はそこにしかありません。

■「祝辞」㉓　「正しさ」とは「公」のことです。「公」は間違いを知りません。けれど、わたしたちはいつも間違います。しかし、間違いの他に、わたしたちを成長させてくれるものはないのです。いま、あなたたちが、迷っているのは、「公」と「私」に関する、永遠の問いなのです。

■「祝辞」㉔ 最後に、あなたたちに感謝のことばを捧げたいと思います。あなたたちを教えることは、わたしにとって大きな経験でした。あなたたちがわたしから得たものより、わたしがあなたたちから得たものの方がずっと大きかったのです。ほんとうに、ありがとう。

■「祝辞」㉕ あなたたちの前には、あなたたちの、ほんとうの戦場が広がっています。あなたを襲う「津波」や「地震」と、戦ってください。挫けずに。さようなら。善い人生を。

■今晩は、ここまでです。聞いてくださったみなさんに感謝します。

■こちらこそ感謝しています。あなたに声をかけてもらわなかったら、「祝辞」を書こうとは思わなかったでしょう。卒業、おめでとう！【＊卒業生から来た「祝辞」へのお礼を受けて】

■俵さん、ありがとうございます。お元気ですか。確か、お子さんは小学校1年生ぐらいではないかと思いますが、心を痛めたりはしなかったでしょうか。うちの次男（4歳）も、地震後、しばらくは興奮状態が続きました。【＊歌人の俵万智さんより「祝辞」についての感想を受けて】

■ベッドでしんちゃんと。「しんちゃんのほんとのなまえは？」「たかはししんのすけくん！」「れんちゃんのほんとのなまえは？」「たかはしれんたろうくん！」「ぱぱは？」「たかはしげんいちろうくん！」「ままは？」「たかはしや……、あっ！」「なに？」「みんなたかはしだ！」。いま気づいたのか……。

3月22日（火）［エッセイ］「震災の後で①」（『MAMMO・TV』連載「時には背伸びをする#197）掲載／本書178ページ収録

3月23日（水）

■こっ、これは困った。【＊ネット上の「育児用コナミルクをミネラルウォーターで調乳するのはやめてください」という情報を受けて】

■頭が痛い……。

■結論としては、「調乳」は「純水」か「軟水（なんすい）」で行うこと、のようです。

■検出放射性ヨウ素が２１０ベクレル。乳幼児の基準値が１００ベクレル、大人の基準値が300ベクレル、だから大人は飲んでもよく、乳幼児は飲ませない方がいい……らしいが、うちの4歳児と6歳児はどうしたらいいんでしょう（我が家は水道水を飲んでいます）。しばらく「Qoo（クー）」ばかり飲ませるか。

■さあ、気分を落ち着けるために水道水を一杯飲んで、子どもたちを迎えに行くか。

■保育園から帰宅。保育園では全員、水の話題。すぐそばのコンビニでは、見事に（日本産の）軟水ミネラルウォーターの棚が空。

■みなさんに送っていただいた「厚生労働省」の通達と「原子力安全委員会」の指針（しし）を読み比べた結果、「飲料水」については、3月16日までが平常時、3月17日からは「災害時」の基準値ということのようです。10ベクレル→300ベクレル。というか、どうして、そう説明してくれないんでしょうか。

3月25日（金）

■テレビに出ているどんな専門家より論理的。【＊原発問題を提起したモデル・藤波心さんのブログへの感想。http://ameblo.jp/cocoro2008/entry-10839026826.html】

■さきほどの藤波心(ふじなみこころ)さんの文章、「テレビに出ているどんな専門家より論理的」から「地震発生以来、ぼくが読んだもっとも知的な文章」に上方修正します。

3月27日（日）

■ドバイワールドカップ、1着ヴィクトワールピサ、2着トランセンド、日本馬の1・2フィニッシュ。デムーロ騎手が「日本を愛しています」と泣いていました。

☞［選評］「第16回中原中也賞——強度あり」（『ユリイカ』二〇一一年四月号掲載／本書181ページ収録）

3月29日（火）

■今日はしんちゃんの5歳の誕生日です。こんな世界になっちゃったけど、だいじょうぶだよ。きみは医者から見離されそうになったけど、戻ってこれたんだものね。誕生日、おめでとう。しんちゃんのいまの流行語は「××くん、ぼうそうちゅう！」です。

3月31日（木）

■東（あずま）さん、「論壇時評（ろんだんじひょう）」御苦労さまでした。4月からは「論壇時評なんか、意味なくね？」」の視線を意識しながら、精一杯「異なった意見」に耳をかたむけることを目指します。それから、この国を背負うはずのもっと若い世代の邪魔にならないように気をつけます！【＊東さん＝批評家・作家の東浩紀氏】

4月に考えたこと

……… 4月のできごと………

- 4月3日＝放射能汚染水流出を防ぐためポリマー投入も、漏出止まらず。
- 4月5日＝避難指示自治体に東電が見舞金2000万円、浪江町（なみえまち）受け取りを拒否との報道。
- 4月6日＝歌手・斉藤和義（さいとうかずよし）氏が反原発メッセージを込めた自曲の替え歌「ずっとウソだった」をYouTubeにアップ、話題に。
- 4月9日＝タレントの山本太郎（やまもとたろう）氏が自身のtwitter上で「黙ってテロ国家日本の片棒担（かつ）げぬ」と発言。
- 4月10日＝高円寺にて「素人（しろうと）の乱」が呼びかけた反原発デモに1万5000人が集まる。統一地方選挙で民主党が敗北、都知事は原発推進派の石原慎太郎（いしはらしんたろう）氏が再選。
- 4月12日＝福島第一原発事故、史上最悪のレベル7（チェルノブイリ事故）相当に。日本産食品の輸入規制、約50カ国・地域に。
- 4月18日＝原子力安全・保安院が燃料棒の溶融（ようゆう）を初めて認める。
- 4月19日＝イタリア政府、原発再開を無期限凍結の方針決定。
- 4月20日＝SoftBank孫（そん）社長、自然エネルギー財団設立を表明。
- 4月24日＝志賀原発のある石川県志賀町の町議選で、反原発派の堂下（どうもと）氏トップ当選。東北新幹線、東京ー仙台で運転再開。
- 4月26日＝原発事故被災農家ら400人、東電本社前で抗議、自殺した野菜農家男性の妻も参加。
- 4月29日＝内閣官房参与小佐古（こさこ）東大大学院教授、小学校年間被曝（ひばく）基準20mSvに抗議の辞意。
- 4月30日＝美術集団「Chim↑Pom」、渋谷駅にある岡本太郎（おかもとたろう）「明日の神話」に原発を連想させる絵を取り付ける。

4月1日（金）

■れんちゃんは昨日で保育園とお別れ。今日からは、保育園にはしんちゃんとふたりで行きます。出かける時、しんちゃんが「れんちゃんはいかないの？」というと、れんちゃんは「そつえんしたからいかないよ」。しんちゃんは「れんちゃんのいじわる」と泣きながら、出かけたのでした。すぐ慣れるよね。

4月6日（水）

■今日は、れんちゃんの小学校の入学式。帰り道、公園の桜は一気に満開になっているようでした。「のどかだねえ」とれんちゃん。ほんと、なにもなかったみたいだね。「みち、おぼえた？」と訊いたら、「だいじょうぶ、ひとりでいけるから」。

そうか。でも、なんだか、パパはちょっと寂しいぞ。

4月7日（木）

［書評］池澤夏樹・著『池澤夏樹の世界文学リミックス』――想像上の14歳へ（『文藝』二〇一一年夏季号）掲載／本書184ページ収録
［小説］連載「日本文学盛衰史」戦後文学篇17「タカハシさん、『戦災』に遭う①」（『群像』二〇一一年五月号）掲載／本書189ページ収録

4月8日（金）

■昨日、今日とれんちゃんは、10時半に学校から戻ってきました。小学校は楽しいそうです。「はやくべんきょうがはじまらないかなあ」といっていますが、そんなにあまいものじゃありませんね、たぶん。さて、しんちゃんを迎えに行ってくるか。

4月10日（日）

■今日は、家族四人で、都知事選の投票に出かけた後、奥さんがれんちゃん・しんちゃんを連れて高円寺までデモに出かけました。子どもたちに「社会」を見せてあげるためだそうです。帰ってきたら、子どもたちに感想を訊いてみます。【*高円寺のデモ＝42ページ「4月のできごと」参照】

☞4月13日（水）［エッセイ］「震災の後で②——原発のこと」（『MAMMO・TV』連載「時には背伸びをする」#198）掲載／本書192ページ収録

4月26日（火）

■2週間ほど遠ざかっていました。前半は体調不良・後半は仕事でした。そろそろ復帰します。それから、こちらも。「圧倒的な現実に、文学はどう対峙するのか」高橋源一郎×平川克美4・26の19時よりの配信。【*動画共有サービス「USTREAM」での公開対談】

■すいません。骨折されていたことさえ知りませんでした……。えっと、今日、4

月何日？【＊思想家の内田樹さんが骨折していたことを知って】

☞4月28日（木）［論壇時評］「身の丈超えぬ発言に希望——震災とことば」（『朝日新聞』）掲載／本書195ページ収録

5月に考えたこと

……… 5月のできごと………

- 5月1日＝文科省が大気中の放射線量の観測結果を発表、関東・東北で平常値を上回る結果に。
- 5月3日＝震災翌日から5日間の放射性物質拡散予測を、文科省が約2カ月遅れで公表。
- 5月5日＝福島第一原発港湾内の海底土から高濃度の放射性物質を検出。
- 5月6日＝脱原発を求める東電の株主たちが同社に「企業の責任を全うして」と要求。
- 5月7日＝渋谷にて「素人の乱」の呼びかけによる反原発デモに1万5000人が集まる。
- 5月8日＝敦賀原発2号機の排気筒から微量の放射性ガスが放出。
- 5月9日＝浜岡原発が全炉停止を決定。
- 5月13日＝東電が福島第一原発1号機のメルトダウンを認める。
- 5月15日＝東日本大震災により茨城県東海第二原発の原子炉が3日間不安定な状態が続いていたことが明らかに。
- 5月17日＝東電発表のデータにより、福島第一原発2、3号機のメルトダウンも裏付けられる。
- 5月19日＝福島市、公立小中学校の屋外プール授業を中止。
- 5月23日＝SoftBank、大規模太陽光発電施設の建設を検討。
- 5月24日＝郡山市の小中学校で、校庭の表土を剝がす作業が始まる。

□ オバマ米大統領、ビン・ラーディン容疑者殺害を発表／作家団鬼六氏、タレント児玉清氏死去……ほか。

5月1日（日）

■二回目の「私塾」が終わってさっき帰宅。10時から13時までが「小説教室」、13時から21時45分までが「ゼミ」。二回の食事時間（1時間半）を除きぶっ通しで8時間強、最後まで集中力を切らさなかったゼミ生諸君に感謝。学校でやってる時とだいぶ違うね。

■「ゼミ」のテーマは「震災について」。「私塾」の内容を公開したいとして、ゼミ生が録音していました。公開することになれば、またお知らせします。

☞「エッセイ」「震災の後で③——これから生まれてくる子どもたちのために」（『MAMMO・TV』連載「時には背伸びをする」#199）掲載／本書200ページ収録

5月2日（月）

■「私塾」は毎月第一日曜。第一部が10時からの「小説教室」で、こっちは連絡網はなく、ぼくから直接連絡しています。

5月4日（水）

■おはようございます。れんちゃんが小学生になってから、明け方に起きられなくなっていました。小学生に付き合うのはたいへん。今日は久しぶりの3時起きです。『3月のライオン』を一冊読んでから、仕事します（ここ10日ほど『3月のライオン』のどれかの巻を一冊読んでから仕事するのが習慣です）。

5月5日（木）

■お返事ありがとうございます。子どもと一緒に熟睡（じゅくすい）してさっき起きました。毎日少なくとも一回は（1巻から読み始め5巻まで読んでまた1巻に戻る）ループにはまっております。なので、いま書いている小説は絶対『3月のライオン』の影響を受けていると思います。ほんとに。【＊4日のツイートに対して、漫画家・羽海野チカさんからの返信を受けて】

■素晴らしいことばですね。紹介していただいて感謝します。【＊糸井重里さんより、「Save Fukushima 50」と「ボストン便り」というホームページを紹介されて】

■はい、その「信」の基点は、「自分」と何か（「仕事」もしくはその場所に位置するもの）の間から生まれるものなんですね。【＊糸井重里さんより先のホームページは「不信でなく『信』を基点にしての表現なんですよね」という返信を受けて】

5月6日（金）

■おばさん（奥さんの妹）にドライヴに連れていってもらったれんちゃん、車の中で「窓を開けていい？」「いいよ」「CDえらんでかけていい？」「いいよ」。れんちゃんは選んだCD（デジタルなクラブミュージックらしい）を聞きながら、憂いに満ちた表情で外を眺めていたそうです。子育ても終わりか……。

☞5月7日（土）［小説］連載「日本文学盛衰史」戦後文学篇18「タカハシさん、『戦災』に遭う②」（『群像』二〇一一年六月号）掲載／本書203ページ収録
［小説］「お伽草子」（『新潮』二〇一一年六月号）掲載／本書206ページ収録

5月9日（月）

■さっき、書斎のドアを、しんちゃんがいきなり開けて「ぱぱ、ごはんたべさせて」といいました。「ぱぱは宿題が終わらないから、自分で食べて」というと、しんちゃんは涙目になって「たべさせてくれないなら、ぼくはぱぱのことをしんじない」といってドアをバタンとしめました。すごく胸が痛いです。

■角田（かくた）さん、おめでとう！　ほんとにすごいよ、あなた、なにからなにまで。【＊角田光代さんが『ツリーハウス』で伊藤整文学賞受賞したとの知らせを受けて】

5月11日（水）

■目を閉じ、頭を下げていると、リビングから、れんちゃんと友だちのYくんの楽しそうな声が聞こえてきました。れんちゃんが小学校に入って初めてできた友だちで、今日、初めて、遊びに来たのでした。雨は降っているけれど、穏やかな一日です。

☞［エッセイ］「震災の後で④――『棄民』ということ」（『MAMMO・TV』連載「時には背伸びをする」＃200）掲載／本書209ページ収録

5月13日（金）

■れんちゃんが遠足に出かけました。昨日が朝になって中止決定で一日延期。ぼくは二日とも2時起き（お弁当は奥さんが作るんですが）、れんちゃんも二日とも6時起き。さて、しんちゃんを保育園に連れていってから仕事します。が、眠い……。

5月17日（火）

■みんな、大丈夫かい？

■落盤事故があって、おれたち、みんな、深い穴の底に閉じ込められちまったみたいなんだ。真っ暗で、何も見えない。でも、慌てちゃいかん。けんかをしてる場合じゃない。少ない空気が、どんどんなくなっていくからな。

■誰かを責めたい気持ちは、よくわかる。こんなところにいきなり閉じ込められちまったんだから。だが、いちばん悪いのは、おれたち自身なのかもしれん。みんな、この穴の奥に向かって、掘っていったんだから。

■とりあえず、緊急に必要なことをしたら、あとは少し静かにしていよう。まず、この暗闇に慣れることだ。いまは、なにも見えなくても、少しずつ見えるようになってくるはずだから。

■おれたち全員が脱出できる「出口」を見つけなきゃならん。それは、どこにあるかって？　それは、微かな光を放っているはずだ。あるいは、そこからは、微かに、外からの新鮮な空気が漏れだしてきているはずだ。

■そんな微かな光や空気を見つけるために、おれたちは、じっと静かに、全身を耳に、目にしなきゃならんのだ。騒いじゃいかん。わずかな兆候(ちょうこう)に気づかなくなってしまうからな。

■ある人が、ほとんどの本は(思想は)、自己中心的だ、と言った。「ものを見る時、どうしても人間は自分から見る。だけど、見えないものがどこにあるかは、気配で感じることができる。その気配がわからない人は、ものを考えることがほんとうにはできない人なのだ」と。

■ここで「出口」を見つけるためには、学校で教わったことはなにも役に立たない。自分で考えるしかない。「気配」を感じられるようにするしかないんだ。たぶん、その「出口」は、いまはよく見えないところにあるんだから。

■おれの目は、少し、この暗闇に慣れてきた。自分の手がぼんやり見えるから。「見える」ってことは、なんてすごいことなんだろうな。さあ、頑張ろう。耳を澄まそう。どこかに「出口」はあるんだから。

■穴を掘っていれば「落盤」があることは知っていた。だが、実際に「落盤」があると思っているやつはほとんどいなかった。実は、この穴に「落盤」の専門家はひとりもいなかったんだ。だって、誰も経験してはいないんだから。おれたち全員が、いまから専門家になるしかないんだ。

■内田さん、小生、今日は下の子（しんちゃん）の遠足だったので、準備をして、保育園に連れていって帰宅してから少し寝てしまったので、いま「おはようございます」です。「出口」探し、微力ながら奮闘（ふんとう）したいと思います。【＊内田さん＝内田樹氏】

☞5月20日（金）［エッセイ］「レッツゴー、いいことあるさ」（『わたしの3・11』毎日新聞社）掲載／本書212ページ収録

☞5月22日（日）［エッセイ］「震災の後で⑤――100000年後の安全」（『MAMMO・TV』連載「時には背伸びをする」#201）掲載／本書230ページ収録

5月23日（月）

■連絡するのを忘れていました。今日、夜7時から、新宿の紀伊國屋サザンシアターで、ドキュメンタリー監督の森達也(もりたつや)さんと公開対談をします。オウム・原発・震災についてです。よろしければ、どうぞ。【＊「オウム、原発、東日本大震災……この社会が目をそむけてきたこと。そして目をそむけてはいけないこと。」（第83回紀伊國屋サザンセミナー）】

5月26日（木）

■今朝の朝日新聞朝刊に「非正規の思考」というタイトルで論壇時評を書きました。読んでもらえるとうれしいです。えっと、それから、最近、書き下ろしの小説を書いていて、そのせいで久しぶりに昼・夜逆転した生活を送っています。だから、子どもたちの世話がちょっとつらい（笑）です。

☞［論壇時評］「原発もテロも広く遠く――非正規の思考」（『朝日新聞』）掲載／本書233ページ収録

5月28日（土）

■しんちゃんがおたふく風邪になりました……。でも、元気なんですが。

5月29日（日）

■今年のダービーは◎デボネア○ユニバーサルバンク▲オルフェーヴルを買います。たぶん、みんな重馬場(おもばば)は上手だと思いますが。

5月30日（月）

■さっき、起きました。れんちゃんの足がのどの上に乗っていて苦しかったです……。内田さん、もう寝ましたか？　今日の対談も面白かったです。さあ、仕事すっか。【＊内田さん＝内田樹氏】

6月に考えたこと

………6月のできごと………

- ■6月3日＝ドイツ・メルケル政権が国内の原発閉鎖時期の前だおしを州政府と合意。
- ■6月9日＝放射性瓦礫の最終処分場の福島県内建設案、福島県が拒否。
- ■6月11日＝震災から3カ月、福島・新宿・パリで脱原発デモが行われる。福島の酪農家の男性が壁に「原発さえなければ」のメッセージを残し自殺。
- ■6月13日＝イタリアで原発の是非を問う国民投票が実施され、原発凍結派が9割を超え圧勝。
- ■6月14日＝自民党石原伸晃幹事長、反原発は「集団ヒステリー」発言。東大サイトの放射線情報「健康には何ら問題はない」との表記に市民からの問い合わせが相次ぎ訂正。
- ■6月16日＝脱原発を求め、鎌田慧氏や坂本龍一氏の呼びかけによる1000万人署名運動。スタジオジブリの屋上に「スタジオジブリは原発ぬきの電気で映画をつくりたい」という横断幕が掲げられる。放射性汚泥の埋め立て基準値を国が大幅に緩和。
- ■6月27日＝原発担当相に細野豪志氏、首相補佐官に蓮舫氏就任。
- ■6月28日＝東電株主総会開催、脱原発提案は否決。
- ■6月30日＝東電を免責しないのは違法として、株主が国を賠償提訴。
- □岩手県「平泉」が世界遺産に登録／国際通貨基金のコンピュータがハッカーに攻撃される……ほか。

6月2日（木）

■おはようございます。れんちゃんが小学校に入学して以来、起床時間がめちゃくちゃになっていたのですが、久しぶりにこの時間に起きました。なんか、懐かしいです……。

■ひと月ほど前に、奥さんがしんちゃんの髪を発作的に切って、マンガ『バクマン。』の新妻（にいづま）エイジの髪形にした。直後は「やっちゃったよ！」と心配していたが、なぜか、すごく評判がよくて安堵（あんど）の胸をなでおろしました。そういうわけで、うちの「新妻エイジ」は、おたふく風邪が治って今日から保育園です。

■謹（つつし）んでお悔やみ申し上げます。平川さん、長い間、御苦労さまでした。【＊平川克美さんのお父様が亡くなられたということを知り】

■昨日の晩御飯の時、れんちゃんが「ぼく、なまえをタカハシリュウキにかえていい?」といいました。すると、しんちゃんも「ぼく、なまえをタカハシディケイドにかえたい」といいました。ふたりとも仮面ライダー家の養子になりたいみたいです。ダメ!

6月3日(金)

■おはようございます。さあ、これから、書き下ろしの小説の続きを少し書くことにしよう。

■書き下ろしの小説のタイトルは「恋する原発」です。いままで書いた中で、いちばんクレージーな小説になると思います。

■保育園の帰り、しんちゃんが「れんちゃん、だいきらい」と激怒(げきど)していた。「どうして?」というと「いじわるだから」「じゃあ、れんちゃんがいないほうがいい?」と訊ねると「だめ」。「なんで?」「さみしいから」。複雑なおとうと心です。さて、れんちゃんを送り出し、しんちゃんを連れてゆきます。

6月4日（土）

■「ぼくがやるよ」というしんちゃんの大声で目が覚めました。寝言です。でも、気がついたら、たいへん珍しいことに、しんちゃんがおねしょをしておりました。着替えさせて、洗濯中。でも、しんちゃんもれんちゃんもまだ寝ています。穏やかな週末、ではちょっと「恋する原発」の続きを書きます。

6月5日（日）

■おはようございます。今日は月に一度の「私塾」（ゼミ）です。午前10時スタートで、前回は午後9時過ぎに終わりました。今日の方が出席者が多いので、目標は日付が変わる前に終わること（笑）です。でも、ぼくの体力がもつんでしょうか……。

■矢野さん、誰と競馬場に行くんですか？　お勧めは、1番人気のある馬の単勝1着を当てる馬券を買って観覧することです。たぶん、楽しいと思いますよ。【矢野さ

ん＝文芸誌『新潮』編集長の矢野優氏】

6月6日（月）

■「私塾」（ゼミ）から戻ってきました。10時スタートで、23時半終了でした。13時間半？ 自分でも信じられない……。学生諸君、終電に間に合ったかい？

☞［エッセイ］「いままで考えずにいたこと」（『ｋｏｔｏｂａ』二〇一一年夏号）掲載／本書238ページ収録

6月7日（火）

■今日、しんちゃんを教えてくれる家庭教師の先生が来ました。といっても、現段階では、一緒に遊んでくれるおねえさんです。その先生が、あまりに美人すぎる大学院生だったので、しんちゃんは、すっかり興奮して、ドアに突進し、貼ってあった鏡を割ってしまったのでした……。

6月8日（水）

■さっき銀行に入ったら、田中康夫さんとすれ違った。ぼくは帽子をかぶっていたので、康夫ちゃんは気がつかなかったみたいだ。こういう時、日本も狭いなと思う。20年ほど前、ニューヨークの街角でぷんぷん怒りながら歩いている松田聖子とすれ違った時は、世界も狭い、と思ったけど。

☞6月12日（日）［書評］堀江敏幸・著『なずな』――人のかけがえのなさ教える育児（『日本経済新聞』）掲載／本書243ページ収録

☞6月16日（木）［評論］連載「ぼくらの文章教室」特別篇・第6回「9　非常時のことば」（『小説トリッパー』二〇一一年夏季号）掲載／本書245ページ収録

6月18日（土）

■少し前に、堀江敏幸（ほりえとしゆき）さんの『なずな』という小説を読んだ。主人公の「私」は、ある事情で、弟夫婦の（生まれたばかりの）赤ん坊を育てることになる。しかも、独身の中年（よりは若い）男性だ。その、「なずな」という名前の赤ん坊を、ひとりで育てながら、「私」の考え方は少しずつ変わってゆく。

6月19日（日）

■それは、その赤ん坊が「かけがえのない存在」だということなのだが、どうも、昔、考えていた「かけがえのない存在」とは、違うらしいのだ。「私」は、こんなふうに考える。「なずなは、生後三ヶ月を過ぎた赤ん坊である。女の子である。このふたつの条件を満たす存在は数限りなくあるのに…」

■「…なずなは、なずなでしかない。せりでもはこべらでもなく、なずなでしかない。『私』とはなにか、『ぼく』とはなにかを考える思春期の悩みは、第三者に向けられることがないから、かけがえのない存在、といった言い方はつねに閉じた響きをともなう。だから、親となった人々はみなどこか…」

■「…悟った顔になり、子のない人々にそれとない圧力をかけているように見えてしまう。しかし、そうではなかったのだ。いまになって、子どもたちと教室で読んださまざまな文章が胸に沁みてくる」。そして「私」は、まど・みちおの「ぼくがここに」という詩を引用するのだが、ぼくは圧倒されてしまった。

■「ぼくが　ここに」を引用してみる。「ぼくが　ここに　いるとき／ほかの　どんなものも／ぼくに　かさなって／ここに　いることは　できない／もしも　ゾウが　ここにいるならば／そのゾウだけ／マメが　いるならば／その一つぶの　マメだけ／しかここに　いることは　できない」

■「ああ　このちきゅうの　うえでは／こんなに　だいじに／まもられているのだ／どんなものが　どんなところに／いるときにも／その『いること』こそが／なににもまして／すばらしいこと　として」

■主人公の「私」は、昔、この詩を読んだ時、冒頭の「ぼくが　ここに　いるとき／ほかの　どんなものも／ぼくに　かさなって／ここに　いることは　できない」に魅(ひ)

かれたのだ。そこには、「自分」の「かけがえのなさ」が謳われているような気がしたから。

■けれど、実の子でもない「なずな」を育て、しかも強い愛着を抱くにつれ、「私」は、最後の節の「いること」に、この詩の中心があるのではないかと思うに至る。「人は、親になると同時に、『ぼく』や『わたし』より先に、子どもが『いること』を基準に世界を眺めるようになるのではないか…」

■「…この子が、ここにいるとき、ほかのどんな子も、かさなって、いることは、できない。そしてそれは、ほかの子を排除するのではなく、同時にすべての『この子』を受け入れることでもある。マメのような赤ん坊がミルクを飲み、ご飯を食べてどんどん成長し、小さなゾウのようになっていく…」

■「…そのとき、それをいとおしく思う自分さえ消えて、世界は世界だけで、たくさんのなずなを抱えたまま大きくなっていくのではないか」

■まど・みちおの詩にも、堀江さんの小説にも、共通してあるのは、「自分を中心とはしない」考え方だ、とぼくは思う。ぼくたちは、「ぼくはなに」「ぼくはなんのために生きている」という考え方から、なかなか逃れられない。けれど、子どもを見ている時、そのことをすっかり忘れているのである。

■ぼくもまた、一日中、子どもを見つめている。そんなに熱心に他人を見ることは、ほかにはない。おそらく、恋愛がもっとも燃え上がっている時の恋人を見る時以外に、そんな風に見ることはないだろう。そのような視線だけが「いること」を確認できるのである。

■だが、とぼくは思う。ぼくたちは、みんな、かつて、その視線で見つめられた経験があるのだ。ずっと昔、親たちは、ぼくたちを、「こんなに だいじに／まもられている」ものとして、激しく見つめてくれていたのである。自分よりもずっと大切な、唯一の存在として。

■数日前、しんちゃんが、珍しくほとんど食べずに「ごちそうさま」と食卓を離れた。「どうしたの?」とぼくがいうと、しんちゃんは「食べたくない」。それを聞いていたれんちゃんが、食事をしながら「だっぴするんじゃやない?」。後で、しんちゃんは「ぼくはむしじゃない!」と怒っていました。

6月20日（月）

■おはようございます。今日は久しぶりにこの時間に起きられました。

■さっき、学校から戻ってきたれんちゃんが「くちのおくになんかある」といっているので、口の中をのぞきこむと、奥歯のところに新芽みたいなものがありました。「れんちゃんのはじめてのおとなのはだよ」といったら、大喜びでした。もちろん、奥さんも参加して、全員でハイタッチしました。

☞［エッセイ］「知ってるつもり」（『MAMMO・TV』連載「時には背伸びをする」#203）掲載／本書248ページ収録

6月24日（金）

■宮崎駿（みやざきはやお）の「菅直人（かんなおと）支持」メッセージに引き続き、「原発と愛と菅直人」に関するもう一つの黙示（もくし）的文章。書いたのは矢作俊彦。【＊http://togetter.com/li/153442】

6月30日（木）

■今日、朝日新聞の論壇時評に、「原発と労働」を中心に書きました。テーマは「見えるもの」と「見えないもの」、もしくは「見ようとしなければ見えないもの」です。時間があれば、読んでください。それから、本日中には、ツイッターに復帰できそうです。

☞［論壇時評］「真実見つめ上を向こう――原発と社会構造」（『朝日新聞』）掲載／本書252ページ収録

7月に考えたこと

………7月のできごと………

- ■ 7月6日＝九州電力のやらせメールが発覚。
- ■ 7月8日＝四国電力が伊方(いかた)原発3号機運転再開を断念。
- ■ 7月11日＝千葉県柏市の焼却灰から高濃度の放射性セシウムを検出。佐賀県庁へ住民らが玄海原発の再開阻止を求めて抗議。
- ■ 7月12日＝福島県双葉町(ふたばまち)の500人が都内でデモ。
- ■ 7月13日＝大飯(おおい)・泊(とまり)原発震災後初めて営業運転再開。汚染牛肉が小売業者などに販売され、その一部が消費者に販売済みとの報道。
- ■ 7月16日＝大飯原発1号機、冷却系統トラブルで停止。
- ■ 7月23日＝海江田(かいえだ)経産相が「線量計なしでの作業は日本人の誇り」と称賛の発言。
- ■ 7月26日＝衆議院復興特別委員会で原子力損害賠償支援機構法案可決。
- ■ 7月31日＝吉永小百合(よしながさゆり)氏が原爆詩朗読会で「原発なくなって」と発言。
- □ 2011FIFA女子ワールドカップでサッカー日本女子代表が初優勝／地上アナログ放送が終了／中国の高速鉄道脱線事故で35人死亡／俳優原田芳雄(はらだよしお)氏、作家小松左京(こまつさきょう)氏死去……ほか。

7月2日（土）

■しばらく、「小説ラジオ」は、お休みしている。理由は、いくつかある。第一の理由は、「恋する原発」というとんでもない書き下ろし小説を書いているので、それが終わるまで、気持ちに余裕がないからだ。その他もろもろあるのだが、それは略。でも、ぼちぼち再開の準備はしたい。

■というわけで、今夜0時から、「午前0時の小説ラジオ（仮）」をやります。テーマは内緒。では、後ほど。

7月3日（日）

■「午前0時の小説ラジオ（仮）」・タイトルをつけなきゃならない。とりあえず、

「おれは、がんばらない」ということでスタート。

■「おれは、がんばらない」① 今年小学校1年生になったれんちゃんが、週末、へんなものを学校から持ち帰った。4種類の紙というかシートだ。それを見て、気の短い奥さんは憤激し、おれは困惑した。そして、そんなものを押しつけられた、現場の先生に心から同情したのである。

■「おれは、がんばらない」② それは、簡単にいうと、子どもたちに節電させようというシートなのだが、中身がなかなか強烈だ。おそらく、全国の公立校で、同じようなものが一斉に配られていると思う。読んで卒倒しないように（笑）。

■「おれは、がんばらない」③ ここからは、シートの中身の説明が、長く続くので、我慢してください。まずは「東京都教育委員会」制作の2種類。タイトルは「〝がんばろう日本〟節電アクション月間」への協力のお願い。7・8・9月の三カ月、子どもたちを「節電アクション」に参加させろというお願いだ。

■「おれは、がんばらない」④ その内容は「10日を区切りとして、3カ月間にわたり9つの期間で、節電のための行動の計画を立て（1日・11日・21日）、行動を振り返り（10日・20日・30日又は31日）ながら、節電に取り組んでいきます」ということだ。そのためのチェックシートが2枚目になる。

■「おれは、がんばらない」⑤で、そのチェックシート（小学生用）には、まず「私の目標」を書かなければならない。節電のためにできる10個のこと（冷房の設定温度を高めにするとか）が、どの程度できたかを、「がんばれた（◎）」「まあまあがんばれた（○）」「もう少しだった（△）」に分け……

■「おれは、がんばらない」⑥……10日ごとにすべて記入しなければならない。そして、最後に◎や○の数を「数えてみましょう！」となるのである。もちろん、毎月の反省や、「どうして節電するのか、あなたの考え」を書いてみたり、もっと節電のやり方がないかも考えなきゃならない。

■「おれは、がんばらない」⑦とりあえず、おれの感想は後にして、まだ2種類、紙が残っている。これは、なんと「経済産業省　資源エネルギー庁」制作の「こども　節電学習テキスト（低学年用）」と「なつやすみ　せつでん　チャレンジシート」という実行書なのだ。

■「おれは、がんばらない」⑧テキストは7頁（ページ）もある大作で、いえにどれだけ電気をつかうものがあるか、ていでんがおこったらどんなにたいへんか、だからみんなで節電しなければならないということが、延々と書いてある。そして、真打ちが、最後の「せつでん チャレンジシート」ということになる。

■「おれは、がんばらない」⑨ チャレンジシートも、さっきのチェックシートと似たりよったりで、さまざまな「せつでんメニュー」を提示するのだが、こちらは「保護者」に「子どもたちと一緒に節電メニュー」を作り、それができた日には、全部書き上げるよう指令している。

■「おれは、がんばらない」⑩ そしてさいごに「せつでん ミニさくぶんを かいて おくろう」という項目がある。「わがやの せつでんを やってみた かんそうを １００もじ ていどで かい」た感想文を、クラス単位、学校単位で送ると、感謝状が来るのだそうだ。

■「おれは、がんばらない」⑪ この4種類の紙を受け取ったおれの感想は、「あんたたちに、生活指導される筋合いなんかねえよ」というものだ。

■「おれは、がんばらない」⑫ だいたい、おれの家の節電基準は、このへんてこな「節電シート」の基準よりぜんぜん厳しい。しかも、3月11日以前からそう！　だいたい、明るいと落ち着かないから（笑）、部屋でも読書灯しかつけないし、エアコンの風はなんか気持ち悪いから、基本つけたくないし。

■「おれは、がんばらない」⑬ エアコンつけなくて暑くて汗かくのが健康にいいぞと子どもたちにはいってある。汗かいたらシャワーの水かけでOKだ。節電だけじゃない。ごはんを食べる時には「お百姓さんが苦労して作ったものだから、残しちゃダメ」と、両親からいわれたのと同じことをいってるし。

■「おれは、がんばらない」⑭ だからといって、おれの家の基準が正しいなどといってるわけじゃない。どの家にもその家の基準があり、方針があり、事情があるんだ。みんなに一様に「チェックシート」を配って、チェックなんかすることないんだよ。余計なお世話だ。

■「おれは、がんばらない」⑮ この変な発想は、「国のいうことを黙って聞け」ということらしい。たとえば、大凶作があって、米の生産が3分の1になったら「節米アクション月間」を採用され、「どれだけみなさんのおうちでは、おこめをたべないようにしたかチェックしてください」となるってことじゃん。

■「おれは、がんばらない」⑯ なにかを節約し、なにかを倹約し、でも、なにかは、貧しくても潤沢に使う。それは、その家や個人の才覚でやることで、いちいち国が口出しすることじゃない。ってゆーか、そんなことに、うちの子どもを勝手に、巻き込まないでほしい。

■「おれは、がんばらない」⑰　ちなみに、このシートには「子供たちが、単に行動するだけでなく、節電について考える場面を設定しています。子供たちが深く考えられるよう、アドバイスをお願いします」。いいねえ、「深く考える」のは。でも、どんなアドバイスが必要なのか、情報はなに一つ書かれていない。

■「おれは、がんばらない」⑱　おれは目を皿のようにして、この4枚の指令書のどこかに、今回の事態についての説明がないか探してみた。おそらく、唯一の説明が「資源エネルギー庁」版の、以下の箇所だ。

■「おれは、がんばらない」⑲　「へいせい23ねん　3がつ11にちの　おおきな　じしんで　『でんき』を　つくる　ところが　たくさん　こわれました。このままでは　みんなが　つかう　『でんき』が　たりなく　なって　しまいます。『でんき』を　たいせつにつかう　せつでんが　いま　だいじなのです。」

■「おれは、がんばらない」⑳　子どもに「深く考え」させたいなら、ほんとうに電力が（どのくらい）足りないのか、なぜこんなことになってしまったのか、を考えてもらうしかあるまい。変なシートに◎や○をつけるのが「考える」ことに繫がるとは、おれには思えないのだ。

■「おれは、がんばらない」㉑　ほんとうのところ、なにが正しいのか、おれにもわからない。なのに、子どもにアドバイスなんかできるわけないじゃん。なので、おれは先月から、独学で、勉強をはじめた。笑わないでほしいが、原子力工学とエネルギー論だ。エアコンつけずにね。

■「おれは、がんばらない」㉒　どちらもひどいが、とりわけ「資源エネルギー庁」の「節電学習テキスト」、自分たちが当事者であると一言も書かないまま、「ていでんが　おきたらどう　なって　しまうのかな？」と（子どもごころに）恐怖をあおるような書き方だ。うちのれんちゃんに、変なことを吹き込まないでくれ。

■「おれは、がんばらない」㉓　どんなお化けより、この夏休みの節電シート、チャレンジシートがこわかったぜ。学校で節電なんか教えてくれなくてけっこうです。というか、そんなものを、先生たちに押しつけるなよ。以上。

■「おれは、がんばらない」続き　冷静に考えると、この「チェックシート」や「チャレンジシート」を出さないと、れんちゃんがクラスで除け者（のけもの）にされる可能性があるわけです。それってあんまりじゃないかね。頭、痛いです。

■さて、塾生諸君、今日は私塾の日ですよ。「小説教室」は午前10時スタート、「ゼミ」は午後1時スタート。終了目標時間は午後11時W　あとちょっと子どもたちと遊んだら、先生は出発します。では、後ほど。

7月4日（月）

■さっき「私塾」から戻ってきました。午前10時開始、午後11時終了。予定通りでしたね。生徒諸君、ご苦労さま！

7月5日（火）

■れんちゃんが、学校で笹にぶら下げた短冊が戻ってきた。こう書いてあった。「おおきくなったらまんがかさんになれますように」。きみの希望はそれだったのか……。

■ちなみに、しんちゃんはまだ字が書けないので、ぼくが代筆しました。「おおきくなったらうるとらまんになれますように」です。

7月6日（水）

■最近、原子力の勉強をしているので、その一環で「日本原子力学会」の学会誌『アトモス』のバックナンバーを取り寄せて読んでいる。今年の1月号から6月号まで。最後の2冊が「3・11」後のものだ。東電や経産省と共に「原子力村」の一員としてたたかれることの多い原子力学会の内なる声はというと…

■…勝手に想像していたのとは違い、きちんと自己批判しようという姿勢も見えて、印象は悪くない。事故前の「原発万歳」から、事故を受け、内部の学者だけではなく、第三者からの批判的提言を掲載したりしている。特に、学会内部でも年長の学者の自責のことばも真摯（しんし）だった。

■特に6月号の二つの「時論」は、あちこちで見られる閉鎖的な学会批判論をそのまま載せていて、ちょっと驚いた。たとえば「意見の対立する市民や専門家と対話し協働する活動には大きな困難やストレスを伴う。しかし自分と同質の意見を持つ集団の中でのみ意見交換をする心地よさに安住してはなるまい。……

■……その安住からまずは第一歩を踏み出すことが、事故を防げなかった原子力専門家の果たすべき社会的責任ではあるまいか」（北村正晴東北大学名誉教授）。「推進派」と「反対派」の「専門家」の「協働」。これが可能になるなら、いろんな意味で大きな一歩になると思う。いまはそのチャンスなのかもしれない。

■しんちゃん（5歳）に関する伝説はいくつかあるのだが、その一つがトイレ伝説。しんちゃんは「速い」。便器に腰かけて毎回十秒以内に「でた」といって立ち上がる。それから、ウンチが（ほとんど）臭わない。朝、必ずヨーグルトを2個食べるせいなのだろうか？　ほんとに謎だ……。

7月7日（木）

■おはようございます。

7月9日（土）［エッセイ］「『節電』の行方」（『MAMMO・TV』連載「時には背伸びをする」#204）掲載／本書258ページ収録

7月11日（月）

■今日、しんちゃんが、いままでできなかったことが一つできるようになりました。それを見て、奥さんが泣きました。というか、ぼくもですが。しんちゃんは、脳炎の後遺症で、他の子が簡単にできることでもなかなかできなかったりするのです。でも、そのせいで、逆にうれしいこともたくさんあるんです。

7月12日（火）

■汗を垂らしながら学校から戻ったれんちゃん、シャワーをかけて、着替えさせて、宿題をさせたら、ぴゅっと外へ遊びに行きました。もちろん、行く前にいま特訓中の「6の段以上の引き算の暗算」をふたりで5分やりました。てゆうか、小学校1

年って、ずいぶん宿題、多いんだねえ。
■あの、子ども用のズボンの腰のところ、やはりゴムが便利だと思うんです。子どもたちからも、ゴム製だと楽で好評だ。ところが、高級品はゴムじゃないし、デニムだと硬くて、朝はかせようとすると、ふたりとも「これ、いや」っていう。気持ちわかるし。で、結局、通販の安いズボンがいちばんいいんだよね。
■ついでにいうと、どうして、子ども用のTシャツ（だけじゃないが）、メイカーによって、あんなにサイズが違うんでしょう。……というようなことを、子どもたちの洗濯物を畳みながら、考える昼さがりでした。
■しかし、どうして「子供用」は130センチまでなんでしょう。140が欲しいです。

7月13日（水）

■おはようございます。
■見てないです。というか、まさかプレスリー本人は出てないですよね。プレスリーの映画はけっこう見ましたが、そんなのなかった……。【＊作家・矢作俊彦さんの「プレスリーVSミイラ男」って映画見たことある？」という質問に対して】

7月14日（木）

■菅首相の記者会見をじっくり見た。内容は①今回の事故で「原子力発電」という技術はリスクが大きすぎると思った。②保安院は経産省から切り離す。③この夏も冬も電力は大丈夫。って、超まともじゃないか、菅直人。

■糸井さんの事務所でやっている「えつこミュウゼ 大誕生展」に行ってきました。作田（さくた）えつ子さんの絵をTシャツにして即売します。ぼくの『ミヤザワケンジ・グレーテストヒッツ』の装画を作田さんにお願いしたのに、お会いするのは今日が初めて。しかも装丁していただいた祖父江慎（そぶえしん）さんにも会えました。【＊糸井さん＝糸井重里氏】

■子どもたちは、糸井さんの愛犬ブイヨンとずっと遊んでいましたが、どう見ても、子どもたちの方がブイヨンに遊んでもらっていたようです。それから、祖父江慎さんが「ぼくもしんちゃんだ」としんちゃんにいい「ふたりで漫才をやろう」とおっしゃいました。しんちゃんもまんざらではなかったみたいです。

7月15日（金）

■おはようございます。今日も暑そうだ……。

■①自民党のあいさわ一郎という議員がこんなツイートをしていた。「（菅首相は）市民運動家に戻っておられています」。なぜ、野党ばかりでなく、与党からも、閣内からも、あるいはメディアからも、執拗に「菅おろし」が行われているのか。そのいちばん大きな理由は、ここにあるとぼくは思っている。

■②おそらく、3月11日までは、菅直人という人は、「ふつうの政治家」だったのだ。だが、どこかで、（ふつうの政治家としては）「道を踏み外し」てしまったと思う。その結果、彼の出発点だった「市民運動家」に舞い戻ったのである。

■③たいはんの「ふつうの政治家」たちは、彼らの「流儀」（官僚たちと築き上げた「熟議」の世界）から逸脱することを嫌悪している。それは与野党を問わない。

「経産省」と一切相談せず（と新聞に書いてあった）勝手に「脱原発」を唱えることは、「ふつうの政治家」にとって許されない。

■④幸か不幸か、というか、ありえないことに、この国の中枢に「市民運動家」がまぎれこんでしまった。ずっと前、ある自民党の政治家に「市民運動家がそのまま議員になったら？」と訊ねたら「そりゃ、革命家だよ」といわれた。なるほど、みんながよってたかって、ひきずりおろそうとするわけだよね。

■⑤少なくとも、「菅首相」の次の首相が誰だろうと、「原発のない社会を目指すことは理想でございますが、そのための手順については、わが国の経済活動に支障がないよう、十分に議論することが必要かと思われます」というに違いない、ということに100ガバス賭けます。

7月16日（土）

■おはようございます。鳥の鳴き声がすごいです。

7月18日（月）

■矢作さん、ありがとう。でも、今日、誕生日なのは、しんちゃんではなく、れんちゃんです……。【＊矢作俊彦さんより、「シンちゃん、たんじょうび、おめでとう！」というメッセージを受けて】

■そういうわけで、本日は、奇しくも、れんちゃんと矢作俊彦さんの誕生日です。ふたりとも、おめでとう！

7月19日（火）

■ありがとうございます。伝えておきます。Tシャツが届くのが愉（たの）しみです！【＊イラストレイターの作田えつ子さんより、メッセージを受けて】

7月22日（金）

■だいぶ前に、『3月のライオン』第6巻をAMAZONで予約してしまった。店頭にはもうあるとか、コンビニで売っているとか、もう読んだと教えてくれる人多数。届くまで我慢できるか……。

7月27日（水）

■書き下ろし小説に専念しているので、ほとんどツイートできませんが、明日の朝日新聞論壇時評は「スローな民主主義にしてくれ」（笑）というタイトルで書いています。主に「日本原子力学会」について考えてみました。タイトルはともかく、中身はシリアスじゃないかと思います。読んでくだされば幸いです。

☞7月28日（木）［論壇時評］「スローな民主主義にしてくれ――情報公開と対話」（『朝日新聞』）掲載／本書261ページ収録

7月31日（日）

■この校歌を甲子園で聴けるってことですね。こりゃ、すごい。【＊J－ポップすぎる校歌として話題になった、愛知県の至学館高等学校の校歌『夢追人』についてのコメント】

8月に考えたこと

………8月のできごと………

■ 8月3日＝原子力損害賠償支援機構法が成立。
■ 8月4日＝東海テレビの番組内で視聴者プレゼントのテロップに「汚染されたお米　セシウムさん」などが誤って流れる。
■ 8月8日＝菅首相、もんじゅの廃炉検討の意向を表明。
■ 8月10日＝福島の八つの高校、志望者1／3に減。
■ 8月12日＝京都の五山送り火で、陸前高田市の薪から放射性物質が検出され中止に。
■ 8月13日＝細野原発相、放射性物質で汚染された瓦礫の処分を福島県外で行う方針を示す。
■ 8月17日＝北海道知事が泊原発の営業運転再開を容認。政府の調査で、福島の子供の半数近くが甲状腺被曝と判明。
■ 8月19日＝茨城県鉾田市で米からの放射性セシウム初検出。
■ 8月22日＝福島県で早場米の収穫始まる。
■ 8月23日＝菅政権、福島に汚染土の仮置き場の確保を要求。
■ 8月25日＝文科省が校庭利用の基準「年間20mSv」を撤廃の方針を示す。
■ 8月30日＝電力会社8社ほか原子力関係各社が地震の可能性を踏まえても、原子力施設は安全と見解を示す。
■ 8月31日＝福島県、県の人口200万人割れを発表。
□ ロンドン郊外の暴動がイギリス全国に飛び火／島田紳助の引退会見……ほか。

8月6日（土）

■今週末の私塾&小説教室は延期になりしました。連絡はいってますね。他の連絡事項があるので、森さん&山田さん、メールください。

8月9日（火）

■これはほんとうなのか……【＊最も重大な放射能汚染が、3月21日に起きていた、というネット記事を見て】

8月13日（土）

■このひと月、小説を書く以外、ほとんどなにもしていない。ずっと仕事部屋にいて、いまが何日で、昼なのか夜なのかさえわからない。邪魔されたくないので、子どもたちとも携帯で話す日々（笑）。こちらも精神的な限界に近い。でも、あと少しで書き終わります。「恋する原発」を。

8月15日（月）

■ひと月ぶりに缶詰先から帰宅。れんちゃんとしんちゃんはいません。昨日、しんちゃんが「これからたびにでます」といってました……。奥さんは5キロ痩せたそうです。すいません。「恋する原発」はあと2日で完成します。

8月16日（火）

■このひと月ほど、昼夜逆転していたせいか、ここ一週間、珍しく、不眠状態でした。でも、昨日、帰宅した途端、眠れる眠れる（笑）。今朝5時に寝て、いったん10時に宅配便屋さんに起こされ、朝飯を食べてまた寝て、いま起きました。そろそろ、「恋する原発」の頂上アタックに出かけなきゃ。

■10年前に書き出して一度失敗し、再挑戦したこの小説。大震災のチャリティー・アダルトヴィデオを作るために奮闘する男たちの愛と冒険と魂の物語ですW、たぶん。うまく行けば、明け方には、大団円（だいだんえん）にたどり着く予定。では、行ってきます。

8月17日（水）

■セミが一斉に鳴きはじめました。朝ですね。おはようございます。

8月19日（金）

■「恋する原発」脱稿しました。脱（ぬ）け殻（がら）です……。

8月20日（土）

■おはようございます。なんとか、元の早寝・早起き生活に戻れるよう、鋭意努力中です。

■『群像』の担当者から、ゲラをもらった。「恋する原発」は、来月7日発売の『群像』10月号に載ります。あんな内容の小説が掲載されるとは、自分でも信じられない……。

8月21日（日）

■おはようございます。れんちゃんにとっては、『仮面ライダーオーズ』の残りと夏休みの残りが、だいぶ少なくなってきました。さて、子どもたちが起きる前に、もうひと仕事すっか。

■れんちゃんとしんちゃん、無事に『ゴーカイジャー』から見はじめています。日曜ですね。それにしても、『ゴーカイジャー』、こんなことになってたのか……。
■昨日は、仕事の合間に、ある新人賞の候補作を読んでいました。大きな才能を一つ見つけて、満たされた気分になりました。この作品は受賞して、話題になって、みんなに読まれるはず。でも、まだそのことを、読んだ選考委員と（たぶん）編集者しか知らない。この期間が、いちばん楽しいです。

8月24日（水）

■すいません。「恋する原発」の件で。ゲラも戻したところだったんですが、「上」の判断で、急遽（きゅうきょ）、掲載が見合わされることになりました。やっぱり、あの内容じゃ無理だったみたいですね。詳しくは、また。

8月25日（木）

■今日の朝日新聞朝刊に論壇時評を書いています。「伝えたいこと、ありますか」

というタイトルです。ぼくがつけたタイトルは「面白くっても、大丈夫」だったんですけどね。読んでいただければ幸いです。「恋する原発」の件は、少々、お待ちください。それでは。

✍「論壇時評」「伝えたいこと、ありますか――柔らかさの秘密」(『朝日新聞』)掲載/本書266ページ収録

8月26日(金)

■おはようございます。っていうか、今日はこのあたりから、仕事始めます。

■昨日、寝る前に衝撃の事実発覚。奥さんに「ねえ、くまのプーさん、って女だって知ってた?」といわれました。マジかよ! ぼく、プーさんが主役の小説、書いてるんですが……。ちなみに、今月の21日が90回目の誕生日だったみたいです。

■どうも、Winnie-the-Pooh のモデルになったロンドン動物園のクマ、Winnie がメスだったからみたいですね。確かに、Winnie は女性名なんだけど。そういうわけで、プーさんは、男じゃなく、女(しかも、おばさん)と告げられて、いまだにショック状態から脱けられません……。

8月27日（土）

■おはようございます。通常の起床時間に近づいてきました……。

■どうも。「くまのプーさん＝女」説に関して、たくさんのリプライありがとうございました。どちらにも根拠はあるようですが、やはり7対3ぐらいで「男」だという方が有力みたいですね。長年のぬいぐるみ愛好家といたしましては「ぬいぐるみの属性を決めるのはその持ち主」だと考えています。

■ということは、クリストファー・ロビンがプーさんを「男の子」だと思っている以上、男でいいのではないかと思います。この件に関して、わが国の「ぬいぐるみ愛好者界」の2大巨頭、田中康夫と新井素子の意見を聞きたいです！

8月28日（日）

■おはようございます。うーん、起きちゃったので、このまま仕事します。そうか、昨日、夕飯をたべる前に子どもたちにベッドに引きずりこまれたので、お腹が空いて目が覚めたんだな。

8月29日（月）

■おはようございます。そろそろ、（れんちゃんの）夏休みもお終いです。いろんなことがあった8月でした……。

8月30日（火）

■ふう、れんちゃんに蹴飛ばされて起きました。おはよう……。

8月31日（水）

■おはよう……。

■8月31日なので、必死に夏休みの宿題をやっているれんちゃんを手伝っています。親子で同じことをしているな……。ぼちぼち、内田樹さんとの対談に出かけなくちゃ。

■すいません。ご心配いただいている「恋する原発」の件ですが、いま講談社&『群像』編集部と突っ込んだ話し合いをしている最中です。どのような結果になるかは、またお知らせします。またたくさんの掲載の申し出、感謝しています!

9月に考えたこと

………9月のできごと………

■ 9月2日＝野田佳彦内閣発足。

■ 9月5日＝福島で一般米の放射能検査始まる。

■ 9月6日＝原発新規立地交付金、南相馬に続いて浪江町も辞退。大江健三郎氏ら、野田政権に原発再稼働中止を求める声明。

■ 9月9日＝鉢呂経産相の「死のまち」発言をマスコミが報道。

■ 9月12日＝東電、1人約60ページの賠償金請求書の発送開始。東電が国会に提出した原発事故手順書、50行中48行が黒塗り。

■ 9月14日＝原発の通常の運営コスト試算、事故前の2倍以上に。

■ 9月17日＝東電賠償説明会にて、双葉町長が住民の不満受け、中断を要求。

■ 9月19日＝大江健三郎氏らが呼びかけた脱原発デモに都心で6万人、ほか名古屋・福岡・長崎・熊本・鹿児島など各地でデモや集会。

■ 9月20日＝東電社長が「原発低稼働なら収支悪化」と電気代値上げの理解を消費者に求める。野田首相、『ウォール・ストリート・ジャーナル』で「原発再稼働は来夏めど」と発言。

■ 9月26日＝静岡県牧之原市議会で浜岡原発の永久停止決議案を可決。

■ 9月30日＝緊急時避難準備区域（原発20～30km圏内）の解除を決定。

□ 台風12号により紀伊半島で大きな被害／欧州経済の混乱が再燃／三菱重工にサイバー攻撃……ほか。

9月1日（木）

■萩原朔太郎賞の選考会から戻ってきました。いい選考会でした。受賞した福間健二さん、おめでとうございます。それから、吉増剛造さんの仕切りが最高によかったですね。さすが。

9月2日（金）

■おはようございます。昨日ずっと詩の話をしていたので、まだ「詩頭」ですが、そろそろ切り換えなくちゃね。

■ところで、さっき起きてきたら、起きていた奥さん（徹夜してたのか？）が、「これのせいで眠れない」と岡村靖幸公式ＨＰ（準備）を見せてくれた。「ぶーしゃかLOOP」マジヤバいっす。ぼくも頭の中で、あの曲が流れっぱなし！

9月3日（土）

■おはようございます。風の音が大きく聞こえる土曜の朝ですね。

■今日、お昼ごはんを食べていたら、れんちゃんにいきなり「じいしきかじょうってなに？」と訊ねられました。れんちゃんの「××ってなに？」には慣れていますが、即答がだんだんむずかしくなってきた……。

9月4日（日）

■『仮面ライダーフォーゼ』一回目、見ました。子どもたちの評判、上々。というか、想像以上に面白かったです！　ＡＳＩＭＯみたいなフォーゼだけど大丈夫。女の子も可愛いです。というか、その前の『ゴーカイジャー』、今は亡きジェットマンが神様（いい女）の前でサックス吹いて、カッコよかったです。

■朝日新聞の論壇委員内での『フォーゼ』の視聴率、いまのところ33%（笑）。
■さっき、月一回の「私塾」から戻って来ました。10時スタート、終わりも10時の予定でしたが予定よりずっと早く終わったのは、欠席者が多かったから。これ、無断欠席の諸君、次回も欠席したら、どうなっても、先生はもう知りませんからね……。
☞「エッセイ」「相田みつをが悪いんじゃないのだが」（『MAMMO・TV』連載「時には背伸びをする」#205）掲載／本書271ページ収録

9月5日（月）

■おはよう。速いよね、一週間たつのが。

9月6日（火）

■いろんな人にいわれるので、朝、マジマジと見たら、ほんとに似てた。しんちゃ

んが蒼井優に似てるという件です。男なのに……。ちなみに、れんちゃんはぼくにそっくりですW

9月7日（水）

■おはようございます。今朝は涼しくて目が覚めました。子どもたちも体をくっつけあって、寝ています。もう秋ですね。

9月8日（木）

■「東京大空襲の中で、心ならずも生き残った母親の話をきいた。四歳のこどもが焼け死んでゆく前に、その前に赤ん坊がすでに焼け死んでいるのだが、／『赤ちゃんは苦しかっただろうね』／と言ったそうだ。／人間のできることは、これだけかと私は思う。」

■これは鶴見俊輔さんの『象の消えた動物園』に載っている文章だけど、この文章は、怒っているのではなく（それは当たり前だから）、祈っているのだと思った。
文章にできることは、それだけだ。

9月9日（金）

■『ケロロ軍曹1stシーズン DVD-BOX』が中古で半値だったので買いました。
れんちゃん・しんちゃんの朝は、ケロロのDVDで始まります。ケロロのおかげで、
彼らのボキャブラリーが飛躍的に増えています。「ギリチョコ」とか……。

☞9月15日（木）［エッセイ］「ノダさんの文章」（『本の時間』二〇一一年一〇月号）掲載／本書275ページ収録

☞9月16日（金）［評論］連載「ぼくらの文章教室」第7回「10　ことばを探して」（『小説トリッパー』二〇一一年秋季号）掲載／本書277ページ収録

☞9月17日（土）［エッセイ］「愚かしさについて」（『MAMMO・TV』連載「時には背伸びをする」＃206）掲載／本書280ページ収録

9月19日（月）

■ご無沙汰しています。いま、「恋する原発」増補版執筆のため、地下（？）に潜伏しているので、ほとんど連絡がとれません、悪しからず、ご了承ください。終わったら復帰しますね。ところで、さっき奥さんから電話があって、脱原発デモにれんちゃん・しんちゃんを連れて参加してるそうです。

■「あたし、捕まっちゃっても大丈夫？」といっているので、「ぼくも5回捕まってるから、子どもたちが無事ならいいよ」と返事しておきました。無理しないでね。

■でも、いまや我が家の勢力図は、奥さんが「過激派」、ぼくとれんちゃんが「穏健派」、しんちゃんが「癒し派」です。

9月29日（木）

■さっき、講談社から戻ってきました。「恋する原発」校了です。ご心配おかけしましたが、ひと月遅れで、20％増量（？）して、来月7日発売の『群像』11月号に掲載されます。詳しくはまた。これで、やっとツイッターにも復帰できますね。

■さっき知り合いから、『恋する原発』単行本の予約が始まってるといわれ、ウソだろと思って、ＡＭＡＺＯＮを見たら、11月17日発売予定になってた。知らんかった……。

■おはようございます。れんちゃんは、もう学校に行きました。これから、しんちゃんを保育園に連れていきます。今日は、ちょっと暖かそうですね。今朝の朝日新聞の論壇時評で、福島第一原発の「指さし男」のことを書いてみました。いろんなことを考えさせられる出来事だったと思います。ではでは。

✍［論壇時評］「そのままでいいのかい？——原発の指さし男」（『朝日新聞』）掲載／本書283ページ収録

9月30日（金）

■家に戻ったら、早稲田の学生さんからメールが来てました。10月10日、早稲田でやる講演会のタイトルが、大学側からNGになったようです。「『恋する原発』という小説を書き終えて　3・11以後のことば」がひっかかったみたいです。以降、「恋する原発」ということばを使った広報は不許可になりました。

■使用禁止のことばがあるとは思いませんでした。早稲田、大丈夫か……？「恋する原発」、発表前に、暗雲漂うW

■というわけで、早稲田大学には、「恋する原発」ということばを使ってはいけない理由を、訊ねることにします。

10月に考えたこと

………10月のできごと………

■ 10月3日＝浜岡原発永久停止に静岡県の焼津市長も同意。
■ 10月6日＝事故後3人目の原発作業員死亡も、東電は「被曝と関連なし」と発表。
■ 10月8日＝静岡の乾燥しいたけから高濃度の放射性セシウム検出。
■ 10月12日＝世田谷で民家床下から瓶に入った高線量の放射性物質が見つかる。福島の米、国の基準を下回り出荷可能に。
■ 10月14日＝九電、やらせメール問題で佐賀県の関与を否定する最終報告。
■ 10月17日＝避難準備区域解除により、南相馬の小中5校が7カ月ぶりに再開。
■ 10月18日＝東電、損害賠償資金7000億円を政府に要請へ。
■ 10月20日＝福島県議会、福島第一・第二の全廃炉を求める請願書を採択。
■ 10月21日＝千葉県柏市で高い放射線量を計測。
■ 10月22日＝東電、福島第一事故時の運転手順問題なしと発表。
■ 10月24日＝原子力安全・保安院、東電の黒塗り手順書を一転して全面的に公表。
■ 10月31日＝園田政務官が原発にたまった放射能汚染水を浄化処理した水を飲み安全をアピール。
□ ニューヨークのウォール街にてOccupy Wall Streetによる路上占拠／タイで大規模な洪水発生／トルコで大規模な地震／カダフィ大佐、米アップル共同創業者スティーブ・ジョブズ氏、作家北杜夫氏死去……ほか。

10月2日（日）

■おはようございます。8時に寝たので、こんな時間に起きました。確か、うっすら耳元で「パパがもうねてる！」という子どもたちの声が聞こえてました……。

■都築響一（つづききょういち）さんの、インディーズ演歌を紹介した『演歌よ今夜も有難う』があまりに面白いので、ユーチューブで演歌を聴きながらずっと読んでたら、れんちゃんが起きてきて「パパ、てれびつけて」。『バトスピ』↓『ゴーカイジャー』↓『仮面ライダーフォーゼ』↓『プリキュア』の黄金コース開始。

■「私塾」から帰宅。今日は10時から21時までの11時間。もう慣れました……。

10月3日（月）

■おはようございます。映画版「仮面ライダー」に「仮面ライダーなでしこ」というキャラが出る、というニュースで目が覚めました……。

■『仮面ライダーフォーゼ』すごいっすW

■戦隊シリーズは5人中2人が女性枠だし、ウルトラマンも、ウルトラの星はどうやら男女比1対1みたいなのに、仮面ライダーだけ、女性がいなかったのはなぜなんでしょうね。

■れんちゃん（1年生）がこくごの宿題のプリントを持ってきた。「ぱぱ、どれがただしいの?」って。「あうことばを、つぎからえらんでかきましょう」。「ゆうひが（　）てりつける」。「かっと・ぷいと・ひやりと」。

■正解は「かっと」だろうが、「ぷいと」や「ひやりと」が間違い、とは、作家としてはいえないんだよね。というか、そっちの方がカッコいいと思うんだが。

10月4日（火）

■おはようございます。寒っ。毛布と暖房の用意が必要な季節になったってことですね。

■れんちゃんの宿題プリントの回答、タイムライン上では圧倒的に「ゆうひがひやりとてりつける」でした。では、それが正解ということにします。ちなみに、れんちゃんは、「ゆうひがぷいとてりつける、がすき」っていってました。すききらいじゃないだろ……でも、まあいいか。

10月5日（水）

■おはようございます。やっと通常運転に戻りました。

■床じゃなくてベッド（布団？）で寝てね、寒いから。【＊「校了したよ、パトラッシュ…。ぱたり…。」と呟いていた、娘でライターの橋本麻理さんへ】

■「そろそろ時期が来た」と奥さんがいって、れんちゃん・しんちゃんに毎朝、『機動戦士ガンダム』を1話から見せはじめました。ふたりとも喜んでます。というか、ぼくも見てなかったので嬉しいです。これ、『ケロロ軍曹』を十倍楽しめるようにするための親心だそうです。そうか……。

■ちなみに、『ガンダム』の次は『マクロス』だそうです。その方面の教育は任せました。

10月6日（木）

■おはようございます。昨日、三島由紀夫の『美しい星』を読んでました。三島としては珍品のSF。白鳥座61番星からやってきた「悪魔」型宇宙人が、核戦争によって人類が滅ぶ様をこんな風にはやし立てます。「いなくなったみどり児よ。なくなったブランコよ。野球場は池になり、議事堂は砂場になる。……

■…いなくなった子供たちよ。君たちはどこでも遊べるよ」／「屍臭はいっぺんに消えてなくなり、空気はさわやかな放射能に充ちている。空はいつも澄みきって、星はどこからでもよく見える。すべての灼けた石が君らのベンチだ。いなくなった恋人たちよ」／「かぐわしい放射能！」／「美味しい、蜜のような放射能！」

■「それは抒情詩のように骨髄にまでしみ込む」／「放射能を讃えよう！」さすが、三島由紀夫。

10月7日（金）

■おはよう。今日は「恋する原発」が載っている『群像』の発売日。ちょっと試験の結果発表を待っている受験生の気分です。それから、朝は子どもたちと『ガンダム』の4話を見る予定。

■というわけで、子どもたちを起こしてきます。

■麻里ちゃん、誕生日、おめでとう。って、日付間違ってないよね？

■ええっ⁉　明日だっけ。

■世界の前で恥を晒してしまった……。11日？

■一気に娘の信頼を失ってしまった……。奥さんの誕生日が10月7日（今日）、弟の誕生日が10月8日……って、ほんとかな、自分が信用できません。

■いま打合せをしてきた編集者さんの、小学校時代の同級生に「原発（はらはじめ）」くんという名前の子がいたそうだ。イジメられていなければいいけど……。

■親は希望をこめてつけたんですよねぇ。

■早々とありがとうございます。でも周りに気をつけてくださいW【＊「『恋する原発』おもしろすぎる～!!　今日もう仕事切り上げて公園で読みたいくらいだわ」という感想を受けて】

■みなさん、感想ありがとう……。

☞［小説］「恋する原発」（『群像』二〇一一年一一月号）掲載／本書288ページ収録

☞［選評］「第48回文藝賞——『以後』の物語」（『文藝』二〇一一年冬季号）掲載／本書290ページ収録

☞［選評］「第35回すばる文学賞——討議の果てに」（『すばる』二〇一一年一一月号）掲載／本書292ページ収録

☞［選評］「第19回萩原朔太郎賞——2011年の詩」（『新潮』二〇一一年一一月号）掲載／本書295ページ収録

10月8日（土）

■おはようございます。今日はしんちゃんの、保育園生活最後の運動会……なんだけれど、ずっと前に決まっていた講演会があって行けません。ぼくの代わりに来てもらうように、奥さんが友だちやお兄さんに声をかけていました。ありがとう！

10月9日（日）

■おはようございます。『バトスピ』が始まっていたので、れんちゃんをたたき起こしました。れんちゃん様をソファに案内すると、しんちゃんが「ぱぱ！」と泣き始めたので、眼が開かないしんちゃん様も抱っこしてソファにご案内。いま二人で機嫌よく、『バトスピ』観覧中。日曜朝のゴールデンタイムです。

■ありがとうございます。桐光の生徒たち、みんなきちんと話を聞いてくれ、しかもすごくいい反応でしたね。【＊桐光学園での講演「人生で一度だけ使うことば」についての感想を聴講者より受けて】

10月10日（月）

■おはようございます。昨日、聞いた話です。ある人がアメリカに行って「英語で『モテキ』のことをなんていうの？」と訊ねたら、「his day とか my day じゃないか」といわれたそうです。"Every dog has his day."で、「誰にでもモテキはある」だって。なるほど。

■今日4時半から、早稲田の大隈小講堂で「恋する原発」に関する講演会。ぼちぼち出かける準備です。

■早稲田の講演から戻りました。楽しかったです。一度消えた「恋する原発」のタイトル入りの看板も、なぜか復活。学校との交渉で骨を折られた国語国文学会のみなさん、ご苦労さま。大学はどこもたいして変わりません。泣くなよ、森田さん！また会おうね。【＊「『恋する原発』という小説を書き終えて　3・11以後のことば」（於・早稲田大学大隈小講堂）】

10月12日（水）

■おはようございます。昨日は上野千鶴子さんの『ケアの社会学』を読んでいたら、止まらなくなり、ずっと読んでいました。今日は頑張って仕事をします。みなさんにとっても、良い日でありますように。

10月13日（木）

■すいません。爆笑しました。もう読まれているかもしれませんが、島尾敏雄の『死の棘』に、正気を保つ方法が書かれています。答えは「極限まで追い込まれたら、笑う」ことです。【＊「恋する原発」を読んだ人から「ありとあらゆる不自然さを正直に摘発しながら、正気を保つ方法」をたずねられて】

10月14日（金）

■おはようございます。今日は、しんちゃんの遠足。雨じゃなくてよかったです。

■今日は久しぶりに、戸塚校舎に行き、ゼミの学生諸君と写真を撮ってきました。夜は、遊園地再生事業団（宮沢章夫（みやざわあきお）さん）の「トータル・リビング　1986－2011」を見に行って、終わった後、宮沢さんとおしゃべりです。

■宮沢章夫さんの「トータル・リビング　1986－2011」を見て帰宅。震災を直接描いて、不謹慎にして感動的。爆笑しつつ、泣きました（2回）。

10月15日（土）

■というか、昨日の「トータル・リビング　1986－2011」、ふつうあれはスタンディング・オベーションするだろう。ぼくと奥さんは腰を浮かせて拍手しようとしたけど、他の観客が意外にさめていて驚いた。今日見に行く人は、ぼくたちの代わりにやってきてください。

■今日、三河台（みかわだい）公園に矢作俊彦さんと出かけたら、小熊英二（おぐまえいじ）さんがいて、それからみんなで近くのカフェに行っておしゃべりをした。矢作さんと小熊さんは初対面で、ふたりが60年代についての話をしているのを聞いて、いやあ贅沢（ぜいたく）な時間だなあと思ったのでした。

☞［エッセイ］「『政治家の文章』再読」（『本の時間』二〇一一年一一月号）掲載／本書299ページ収録

10月16日（日）

■おはようございます。雨の音が聞こえてくる……。

■宮沢さん、DM送ったのでちょっと読んでくださいね。【＊宮沢さん＝劇作家・宮沢章夫氏】

■本日の予告編①　今晩0時から、久しぶりに「午前0時の小説ラジオ」をやりますね。ご無沙汰していたので、知らないフォロワーの方も多そうなので、ひとこと。0時からの、テーマを一つ決めての、連投ツイートです。いつも、一時間弱かかりました。

■本日の予告編②　今晩だけではなく、しばらく、断続的に続ける予定です。今夜は「『あの日』から考えてきたこと」の①。「あの日」から、いろいろなことを考えてきました。そのうちのいくつかを、みなさんと考えてみたいと思っています。

■本日の予告編③　そして、今晩はその一回目で、「ぼくたちの間を分かつ分断線」というタイトルでやりたいと思っています。「あの日」から、ぼくたちは、たくさんの、目に見える、あるいは、目に見えない線で分けられてしまったような気がします。その線が何なのか、考えるつもりです。

■本日の予告編④　たとえば、「原発推進」派と「反（脱）原発」派。でも、その分断線はわかりやすいかもしれない。「反（脱）原発」派の中だって、それ以上に深い亀裂がある。そんなことを考えてみたいと思っています。では、後ほど、午前0時に。

10月17日（月）

■「午前0時の小説ラジオ」・「あの日」から考えてきたこと①「ぼくたちの間を分

かつ分断線」、では始めます。即興ですので、詰まったり、途中で終わってしまうことがあるかもしれませんが、その際はお許しください。そして、みなさんもそれぞれの場所で考えてくださると嬉しいです。

■「分断線」①　「あの日」から、ぼくたちの間には、いくつもの「分断線」が引かれている。そして、その「分断線」によって、ぼくたちは分けられている。それから、その線の向こう側にいる人たちへの敵意に苛まれるようになった。それらの「分断線」は、もともとあったものなのかもしれないのだけれど。

■「分断線」②　大きく分かれた線がある。細かい線もたくさんある。はっきり見える線もある。けれどもほとんど見えない線もある。わかりやすいのは、「反（脱）原発」派とそれに反対する人たちの間に引かれた線だ。そこには激しい応酬がある。それから、はっきりした敵意もまた、存在している。

■「分断線」③　細かい線と見えにくい線はたくさんあって判別が難しい。だから、一つだけ指摘しよう。それは「あの日」の後生まれた線であり、「あの日」以降の行動の指針をめぐる線だ。つまり、津波や震災で直接被害を被った東北への支援に重点を置く人と、原発に関わる問題に重点を置く人たちの間の線だ。

■「分断線」④　もちろん、両方に関わる人も多い。それから「東北」派と「原発問題」派の間に表立った応酬はない。だが、この両者の間には、深い、対立の気分が内蔵されてる。誤解を恐れずにいうなら「いまはそっちじゃないだろう」「優先されるのはこっちだろう」といういらだちの感情だ。

■「分断線」⑤　本来、誰よりも共に戦うべき人たちの間に引かれてしまう、見えない線がある。見える線を挟んでの応酬は、どれほど厳しいことばが行き交っても、ある意味で健康だ。誰と誰が対立しているのかは明らかだからだ。だが、見えない線を挟む沈黙の応酬は暗い。無言の嫌悪の視線がそこにはある。

■「分断線」⑥　その分断線は、誰が引いたのか。ぼくたちが自分の手で引いたのだ。その、いったん引かれた分断線は、二度と消えることがないのだろうか。分断線を越えること、分断線を消すことは不可能なのだろうか。自分が引いた分断線から、ぼくたちは出ることができないのだろうか。

■「分断線」⑦　ツイッターは、分断線を挟んだことばの応酬に適したメディアだ。敵はすぐに見つかる。そして、見つけた敵に憎しみのことばを投げかける。なぜ、そんなことをするのかと訊ねると、「いや相手を説得しようとしているだけだ」「大切なのは議論なんだ」という答えが戻ってくることも多い。

■「分断線」⑧　ぼくは長い間ずっと、どうして、対立する者たちの間で、豊かな対話が成り立たないのかと思ってきた。少なくとも、表面的には、誰も、対話を拒否してはいないのだから。熟議や論争によって、新しい解決策が見いだせるかもしれない、とぼくは思ってきたのだ。

■「分断線」⑨　こんな文章を読んだ。「人間は説得されて変わることはありません」。その通りだと思う。そして、ぼくは考えてみた。ぼくは、半世紀近く多くのものを見たり、読んだりしてきた。その中に「説得されて、もしくは批判を受けいれて、それまで培（つちか）ってきた自分の考えを改めた人」がいただろうかと。

■「分断線」⑩　ぼくの記憶に残っているのは一人だけだ（あとの例はすべておぼろだ）。哲学者の鶴見俊輔さんだ。鶴見さんは、自分への本質的な批判に、あらん限りの誠実さで向かい合い、間違いを認めると、態度と考えを、その批判者の前で改めたのである。

■「分断線」⑪　「説得されて変わる」ためには、おそらく、次の条件を必要としている。❶相手の批判を完全に理解できている。❷問題になっている事柄について完全に理解できている。その上で❸自分のプライドやアイデンティティーより、真実の方が大事だと思っている、こと。

■「分断線」⑫　だから、「説得されて変わる」ためには、恐ろしいほどの能力を必要とする。❶や❷の条件が充たされるとしても、ぼくも❸だけはクリアできないかもしれない。人は自分の間違いだけは認めたくないのだ。間違っているとわかっても、間違いを認めることは、自分を否定することに他ならないから。

■「分断線」⑬　ぼくは、長い間、鶴見俊輔の読者として、彼が、彼に鋭い批判が向けられると、反論ではなく、その批判を深く理解しようと努める姿を、不思議なものを見るような視線で見つめてきた。彼は、彼が深く影響を受けたプラグマティズムというアメリカの哲学について、こんなことをいっている。

■「分断線」⑭　プラグマティズムは南北戦争の焦土（しょうど）の中から生まれた。「自分たちは正しい」という二つの主張のぶつかり合いが無数の死者を作り出した。だから、一群の人たちは、対立ではなく、自分の正しさを主張するのでもなく、世界を一歩でも良きものとする論理を生み出そうとしたのである。

■「分断線」⑮　対立するものを打ち壊す思想が、「生」を主張しながら、実は

「死」に魅かれているとしたら、プラグマティズムこそ、否定ではなく「生」を主張しようとしたのである。

■「分断線」⑯　だから、鶴見俊輔の「説得を受け入れて変わる」姿は、「洗脳」とも違う。「洗脳」は、過去の自分をすべて捨て去る。けれど、「説得を受け入れて変わる」鶴見俊輔の姿の中には、過去の自分がすべて入っている。なぜ変わるのか。否定するためではない。より豊かになるためなのだ。

■「分断線」⑰　なぜぼくたちは、「説得を受け入れて変わる」ことを恐れるのだろう。相手が自分と違う意見を主張すると、なぜ胸がざわつき、躍起になって否定しようとするのだろう。それは、ほんとうは、ぼくたちは他人が怖いからだ。自分と違う意見の人間がいることに恐れを抱いているからだ。

■「分断線」⑱　「説得を受け入れて変わる」鶴見さんの世界は、逆だ。それは「自分と違った考えの人間がいて良かった」という思想だ。人間は孤独であり、それ故、自分以外の他者を必要としている。だから、異なった意見の人間の批判を、鶴見さんは喜んで受け入れる。世界に必要なものは多様性なのだ。

■「分断線」⑲　いま、ぼくたちは、たくさんの分断線を引いている。考え方の微細な違いにこだわり、分断線は増え続けている。そして、その線の内側から、その外側にいる連中に、恐怖の、もしくは侮蔑の視線を注ぐのである。そうやって、ぼくたちは衰えてゆくのだ。

■「分断線」⑳　正反対の考えを持つ「敵」の意見の中に、耳をかたむけるべきものが少しでもあるなら、耳をかたむけたい。仮に、相手が、こちらの意見に一切、耳をかたむけないとしても。誰かが銃口を下ろさない限り、「戦争」は終わらないのだ。だとするなら、最初に銃口を下ろす側に、ぼくはいたいと思う。

■「分断線」㉑　でも実際は、ぼくたちは、正反対の考えの持ち主にではなく、近い考えの持ち主との、ささやかな違いの方に、一層、苛立つ。しかし、彼らは「敵」なのだろうか。違いより、共通のものの方がずっと多いのではないだろうか。

■「分断線」㉒　「いまは、そんなことをやっているべきではない。こっちの方が大事だろ」ではなく「きみは、それをやるのか。ぼくは、こっちをやるから、別々に頑張ろう」といえるようになりたい。それが、難しいことであったとしても。

■「分断線」㉓　ぼくたちはばらばらだ。ばらばらにされてしまった。放っておくなら、もっとばらばらになるだろう。ぼくはごめんだ。やつらが引いた分断線なんか知るか。ぼくたちが自分で書いた分断線は、ぼくたちが自分で消すしかないんだ。以上です。ご静聴ありがとうございました。

■しんちゃんにお腹を蹴られて、目が覚めちまった。起きよう。

［エッセイ］「絶望の国の幸福な若者たち」（『MAMMO・TV』連載「時には背伸びをする」#207）掲載／本書301ページ収録

10月19日（水）

■おはようございます。この時間、ほんとに静かですね。

■去年、「夏の文学教室」でやった「吉本隆明（よしもとたかあき）と江藤淳（えとうじゅん）・最後の『批評家』」という対談のゲラを読んでいたんですが、いいこといってるじゃないですか、ふたりとも（笑）。勉強になりました。っていうか、内容をすっかり忘れてました！【＊内田樹さんとの対談原稿について】

10月21日（金）

■いつものように、ぼくが真ん中で、れんちゃんとしんちゃんに挟まれます。れんちゃんが「とんとんして」というので、ぼくは左手でれんちゃんをとんとんしながら、顔を右に向けて、しがみついているしんちゃんの耳元で、即興でお話をします。

「さて、あるところに、パパとしんちゃんという子がいました」

■「しんちゃんはまどのそとをながめていました。すると、きれいなおつきさまが。ああ、おつきさまとともだちになりたいなあ」。しんちゃんが黙ります。れんちゃんはもう寝息をたてはじめている。「どうやったらおつきさまとともだちになれるんだろう。おつきさまもがんぷらがすきなんだろうか」

■気がつくと、しんちゃんも寝息をたてています。しがみついたままのしんちゃんの腕をはずし、ふたりにタオルケットをかけて、ベッドを出ました。所要時間11分。おやすみ、子どもたち。パパは、これから論壇時評を書きます。

10月23日(日)

■れんちゃんの運動会から帰宅。PTAの綱引きで、途中、息があがり、全力を出せなくなったとき、歳を感じました……。

10月25日(火)

■「次」も楽しみにしています。ぼくも、べつのなにかを見つけたいです。【*先日、舞台を見て対談した宮沢章夫さんへ】

10月27日(木)

■おはようございます。今日の朝日新聞朝刊に論壇時評を書きました。山口県上関の祝島(いわいしま)の原発建設反対運動(をしている80歳近いおじいさん)とOccupy Wall Street運動の若者についてです。読んでいただければ嬉しいです。

■明後日からゼミ合宿なんだが、仕事が終わらない。たぶん、ゼミ生諸君も（いつもの通りなら）、課題が終わらなくて、徹夜してるのではないだろうか。みんな、頑張れ。先生も頑張ってるから。でも、少しは寝るんだよ。ゼミ中に寝ないように。

☞［論壇時評］「希望の共同体を求めて――祝島からＮＹへ」（『朝日新聞』）掲載／本書305ページ収録

10月28日（金）

■行ってらっしゃいませ。帰ったら、お食事でも。【＊ニューヨークへ出張する娘の橋本麻里さんへ】

10月29日（土）

■修善寺（しゅぜんじ）にたどり着きました……。

10月31日（月）

■これに出ます。よろしく。【＊11月1日「あの日からのフィクション～『恋する原発』×『あの日からのマンガ』　高橋源一郎×しりあがり寿」（「DOMMUNE」）】

11月に考えたこと

………11月のできごと………

- ■１１月１日＝玄海原発４号機運転再開に「地元の了解はある意味必要ない」と九電・原子力発電本部の豊嶋部長が発言。
- ■１１月３日＝震災直後に都内でストロンチウムが検出されていたことが明らかに。
- ■１１月６日＝青森県東通村が電力２社から計１５７億円を受け取っていたことが発覚するも使途明かさず。
- ■１１月１１日＝脱原発の「人間の鎖」で１３００人が経産省を囲む。
- ■１１月１７日＝環境省に送付された汚染土、職員が自宅近くに廃棄していたことが発覚。
- ■１１月２０日＝海洋研究開発機構、福島原発から流出した放射性セシウムが事故後約１カ月でカムチャツカ沖深海５０００mまで到達と発表。
- ■１１月２１日＝野田首相、放射性物質で汚染された瓦礫の受け入れを全国の知事に要請。
- ■１１月２４日＝東電、批判を受けた賠償金請求書の記入項目を半減。
- ■１１月２８日＝福島第一原発吉田所長、体調不良で退任へ。
- ■１１月２９日＝原発国民投票を特集した『通販生活』のCM放映をテレビ朝日が拒否していたことが明らかに。
- ■１１月３０日＝福島県知事が県内の全原発廃炉を東電と国に求めていく考えを表明。
- □オリンパス粉飾決算発覚／橋下徹元大阪府知事、大阪市長に当選／横浜DeNAベイスターズ誕生へ／落語家立川談志氏死去……ほか。

11月5日（土）

■ふう。気がついたらツイッターをする前に寝ていて4日もたってしまった。今日は、午後、吉祥寺シアターで平田オリザさんの青年団「サンパウロ市民」を見た後、おしゃべりします。

☞11月7日（月）［小説］「ダウンタウンへ繰り出そう」（『新潮』二〇一一年一二月号）掲載／本書311ページ収録

11月8日（火）

■祝島に行って来ました。もちろん、30年間続いている、毎週月曜午後6時半からのデモにも参加。おばちゃんたちすごかったです。

11月9日（水）

■内田樹さん・渋谷陽一さんとの『SIGHT』での鼎談から帰宅。いろいろ面白かったです。お二人、サンキュー。祝島・原発・TPP・大阪市長選の話を渡り歩きました。結論は、楽しく生きる、ですけどね。

11月10日（木）

■おはようございます。これから仕事します。

11月15日（火）

■朝日新聞の論壇委員会から帰宅。委員の方々に、今日、見本ができたばかりの

『恋する原発』を差し上げた。17日には、店頭にも並ぶと思います。みなさんに読んでもらえるとほんとうに嬉しいです。

■実は、『恋する原発』を書き終えてしばらくして、軽い失語症になりました。しゃべれず、書けず、なにも読めずです。ツイッターを眺めることもできませんでした。やっと、少しずつ回復しています。そろそろ、「小説ラジオ」をやりたいんですけれどね。

■ありがとうございます。「笑わせてもらいました」っていわれると、書いた甲斐があったなと思います。【＊『恋する原発』への感想に対して】

「エッセイ」新連載「国民のコトバ」第一回「『VERY』なことば」（『本の時間』二〇一一年一二月号）掲載／本書314ページ収録

11月16日（水）

■おはようございます。ベッドを出ようとしたら、れんちゃんに手をぎゅっと摑まれたので、少しそのままにしていました。起きてるのかと思ったらよく寝てるんですけれどね。もう少し寝てなさい。

11月17日（木）

■「坊ちゃん文学賞」の選考会終わって、松山から帰宅。中沢新一さんの「緑の党のようなもの」の話、椎名誠さんから聞いた「西表島のホームレス」の話、早坂暁さんの「海民」の話、どれも面白かったです。詳しくはまた。

11月18日（金）

■「すばる文学賞」の授賞式から帰宅。今日の収穫は円城塔さんとお会いできたこと。いい人だ……。

11月19日（土）

■『恋する原発』が店頭に並びはじめました。書いたどの小説も、読んでもらいたいと思うのは同じだけれど、この作品に関しては、いままでのどの作品にもまして、その思いが強いです。ほんとうはツイートもしたいのですが、小説に元気を全部もっていかれて、へたばっているもので（笑）。すいません。

11月23日（水）

■いや、体調の問題ではなく、ずっと書いているので、ツイートできないだけです。あと、ゲラも7つぐらい、目の前にあるし……。せっかく、『恋する原発』の感想、送っていただいているのに返事できなくてすいません。あと2日ほどお待ちください。

■なのに、噂の、漫F画太郎の『罪と罰1』を読み始めてしまったもので、さあたいへん。あまりにも、すごすぎる……。神をも恐れぬ仕業とはこのことだろう。とはいえ、いつもの、老婆とウンコなんだが。

■でも、読んでいて、なんか「これ、読んだことある」感がずっとあった。全裸の老婆、フェラチオする老婆、若者をレイプしようとする老婆、老婆による若者の四肢（しし）切断、連続ウンコ発射、もはや「下品」と呼ぶことさえ憚（はばか）られる情景の数々。バカバカしいではバカに申し訳ないとさえ思われる、バカさ。

■なんだ、これ、『恋する原発』と一緒じゃん。おれ、漫F画太郎だったのか……。

■タイムラインを見てる時地震があると、誰が起きてるかわかる。同志たちよ。

11月24日（木）

■そういうわけで、今朝の朝日新聞に論壇時評を書きました。読んでもらえると嬉しいです。でも、「暮らし変えよう　時代と戦おう――老人の主張」というタイトルをつけたのは、ぼくじゃありません。間違ってるわけじゃないけど、微妙にニュアンスが違うんじゃないかと。もっと腰が低い感じのつもりW

☞［論壇時評］「暮らし変えよう　時代と戦おう――老人の主張」（『朝日新聞』）掲載／本書316ページ収録

11月26日（土）

■ずっと机にへばりついていて、告知していませんでしたが、月曜（28日）に佐々木中さんとのトークイベントをやります。よろしく。【＊「W刊行記念　高橋源一郎×佐々木中トークイベント」（青山ブックセンター本店）】

■すいません。頭ボケてますね。前のツイートは削除しておきます。2月1日（木曜）じゃなく、12月1日（木曜）午後7時です。【＊「『恋する原発』刊行記念講演」（リブロ池袋本店）】

11月30日（水）

■平野さん、おめでとう。子育て、面白いよ。たいへんだけど。【＊第一子が誕生した、作家・平野啓一郎さんに対して】

12月に考えたこと

………12月のできごと………

■ 12月1日＝電力総連、民主党議員に「脱原発は困る」と組織的な陳情（ちんじょう）を行っていたことが明らかに。
■ 12月4日＝原発事故後初めて、韓国の原子力安全委員会が原発2基の新設を許可。
■ 12月6日＝衆院本会議の原子力協定の採決で民主党議員10人以上が反対・退席。
■ 12月7日＝原子力委員部会が第一原発廃炉に30年以上かかると報告。
■ 12月8日＝陸上自衛隊が福島第一原発から半径20km圏内の除染を開始。
■ 12月9日＝玄海原発で放射性物質を含む1．8tの冷却水が漏れる事故が発生。
■ 12月10日＝広島県在住女性の母乳からセシウム検出。原発の是非（ぜひ）を問う住民投票を求める署名集めが始まる。
■ 12月14日＝福島県、県内の原発廃炉を求め、来年度の原発交付金の申請をしない方針を示す。
■ 12月15日＝検索エンジンのGoogleが検索ワードの年間ランキングを発表し「東京電力」が8位に入る。
■ 12月16日＝野田首相、原発事故の収束を宣言。
■ 12月28日＝細野環境相が福島県双葉郡に汚染土壌などの中間貯蔵施設設置を要請。
□ 米軍、イラクから完全撤退／3歳馬オルフェーヴルが4冠／北朝鮮総書記金正日（キムジョンイル）氏、映画監督森田芳光（もりたよしみつ）氏、プロダクトデザイナー柳宗理（やなぎそうり）氏死去……ほか。

12月1日（木）

■もう12時を過ぎたので、12月1日ですね。今日午後7時からリブロ池袋本店でやる、小さな講演会では、「小説ラジオ」みたいな話をしたいなと思っています。小さく、つぶやくみたいに、です。

■ツイッター上の「小説ラジオ」の方は開店休業状態だけど、パソコンに向かって、一つのテーマに集中する体力がない感じです。そろそろ、回復してもいい頃なんですけど。なんだか、「震災」のいろんな影響が、じわじわ来てるような気もします。

■ことばを書く、ことばを他人に向けて使う、どちらもほんとうに、恐ろしいことだ、と思うことがあります。ふだんは忘れているけれど、時々、しみじみとそう感じる。いま、たぶん、そうなんだと思います。それでも、使うしかないんだけど。

12月6日（火）

■きょうは、中沢新一さんと公開対談をします。戸塚の明治学院大学国際学部です。近所の方はどうぞ。【＊明治学院大学・公開講座「歴史と現在」第9回「文明の転換」】

12月7日（水）

■昨日の中沢新一さんとの公開対談、楽しかったです。中沢さんと知り合って、三十年近くになりますが、公（おおやけ）の席で話したのは初めてでした。確か、今日、DOMMUNEで「緑の党のようなもの」の発表をするんでしたね。ぼくは、今日、大竹まことさんのゴールデンラジオに出ます。

☞［選評］「第64回野間文芸賞――クマの時代なのだ」（『群像』二〇一二年一月号）掲載／本書321ページ収録

☞［エッセイ］「はじまりはじまり」（『すばる』二〇一二年一月号）掲載／本書323ページ収録

12月8日（木）

■さっき、晩御飯を食べていたら、しんちゃんが「らいちょうは、ゆきのなかでこきゅうするんだよね」といいました。『ダーウィンが来た！』のDVDで「らいちょう」を見たようです。「こきゅうって、なに？」と訊ねました。「ちゅーすること？」「えええっ！」「じゃあ、けっこんすること？」
■しんちゃんの考えていることがわからない……。ぼくも、後で『ダーウィンが来た！』を見てみよう。でも、とりあえず、仕事に戻ります。
■みなさん、「きゅうこん（求婚）」ではないかとリプライをいただきました。なるほど！　あとで寝かしつける時に、しんちゃんに、どうして「こきゅう」と「きゅうこん」を混同したのか訊いてみますね。確かに、似てるけど。

12月11日（日）

■本日の予告編①　今日、ひと月ぶりに「午前0時の小説ラジオ」をやります。少し、元気になってきたので、これから、ぼちぼち続けてやれるようにしたいと思っています。

■本日の予告編② タイトルは「祝島で考えたこと」です。ごぞんじの方も多いと思いますが、祝島は「中国電力・上関原子力発電所」への反対運動を30年も続けている島です。ぼくは、先月、ある理由があって訪ねました。そこで感じたのは、予想とちがったものでした。

■本日の予告編③ うまく説明はできません。島を歩き、島の人たちと話しながら、ぼくは、「原発」とは関係のない、けれども、ぼくにとってひどく切実なことを考えていたのでした。そのことについて、また即興でツイートしたいと思います。それでは、後ほど、午前0時に。

12月12日（月）

■「午前0時の小説ラジオ」・「祝島で考えたこと」① 山口県上関町祝島へ行った。映画『祝の島（ほうり）』や『ミツバチの羽音と地球の回転』でとりあげられた、原発建設反対運動を30年以上続けている小さな島だ。僅か二日間の滞在、ただの通行人の感想を言いたい。ぼくはとても強い、強い印象を受けたのだ。

■「祝島」② 祝島は「反原発運動」の聖地のようにもなっている。けれども、そこを訪れた人なら、誰でも、そこでは「原発」のことなど、小さな問題であるような気がしてくるだろう。もっとべつの、ずっと大切ななにかが、そこにはあるように、ぼくには思えた。

■「祝島」③ 反対運動が始まった30年前の島の人口は1100人。そして、いまの人口は470人程度。島は毎年、約20人程度ずつ、人口を減らしてきた。日本の「地方」と呼ばれる場所なら、どこにでもある、「滅び」への道をまっすぐ歩む「過疎」の村だ。でも、この「滅び」は、なんだか明るい。

■「祝島」④ 30年続く、毎週月曜午後6時半からの「反原発デモ」。参加するのは、7、80人ぐらい。70代以上のおばあさんばかりが目につく。高齢化が進み、デモの距離も時間も短くなった。ざっと25分。狭く入り組んだ、家と家の間の、街灯なんかなく真っ暗な細い道を、老人ばかりのデモ隊が行く。

■「祝島」⑤ デモをしながらおばあさんたちは世間話に花を咲かせる。「今日の晩御飯、なに？」「腰が痛くて痛くて涙がでるわ」「××さん、休み？　どこか悪いん？」そして、時折思い出したようにシュプレヒコールをあげる。「故郷の海を汚させないぞ！」そしてまた「あっ、テレビつけっぱなしや！」

■「祝島」⑥　デモコースは決まっているので、家の軒先からエプロン姿に鉢巻きをしたおばあさんが、手を拭きながら飛び出してくる。「ちょっと待ってえ、掃除しとったから」。と思うと、別のおばあさんがデモの隊列を抜け出して、「お米炊かなきゃ」といいながら、家の中に入って行く。

■「祝島」⑦　祝島のデモは次の三つの場合、中止になる。❶雨の時（老人にはつらいから）❷風が強い時（老人にはつらいから）❸参加者やその家族に不幸があった時（老人が多いから）。これが、この、島の「デモ」だ。

■「祝島」⑧　時々は、原発建設を目指す中国電力の本社がある広島まで出かけてデモをすることがある。その時、リーダーの藤本さんが「デモ申請」の他にしなきゃならない仕事は、おばあさんたちがデモの帰りに買い物をする百貨店やショッピングセンターのレジを臨時に増やしてもらうことだ。

■「祝島」⑨　帰りのフェリーの時間が決まっているので、デモから買い物へと流れるようにスケジュールを組む必要がある。娯楽の少ない島のおばあさんにとって、広島でのデモの帰りの買い物は大きな楽しみなのだった。

■「祝島」⑩　血を流すような激しい場面もあった。10億という大金を積まれたこともあった。だが、30年かけて、この島では、「デモ」というものを完全に咀嚼（そしゃく）し、自分たちの体の一部分にしてしまったのだ。いつしか、それは、この小さな社会を生きて動かしていくために必要な血管のようなものになっていた。

■「祝島」⑪　島には独り暮らしの老人が多い。ぼくが泊まった宿の女将（おかみ）さんもそう。泊まった時、女将さんは体調を崩して寝ていた。「すいません、世話もできずで」「お構いなく」とぼくはいった。夜になると、下の階にある台所が騒がしかった。近所のおばさんたちが、晩御飯を作りに来てくれていた。

■「祝島」⑫　弱った人、老いた人、病んでいる人のところへ、近所のだれかがやって来る。誰かから命じられたわけでもない。「それが当たり前」だからだ。でも、助けに来る人も、すでに老いている。老いた人が、老いた人の手を引く、そういう共同体が、そこにはある。

■「祝島」⑬　これはDVDで見た光景だ。78歳で独り暮らしをしながら米を作っている平さんは、毎晩、近所のやはり独り暮らしのおばあさんのところへ行ってコタツに入り、だらだらと話をする。他にも、そんな独り暮らしの老人たちが数人。声をひそめて話しながら、夜がゆっくり更けていく。

■「祝島」⑭ いつの間にか、コタツに入ったまま寝てしまったおじいさんに、別の老人が声をかける。「風邪をひくよ。はやく、いえに戻んな」。大晦日には、そうやって、コタツに入ったまま「紅白歌合戦」を見ながら、静かに新年を迎える。老人たちばかりが、ひっそりと背中を丸めて。

■「祝島」⑮ 島の南側は切り立った断崖が続く。その急な斜面に、島の人たちは蜜柑や枇杷を植えている。ぼくは、少しずつ登って行く村道に沿った「段々畑」の間を歩いた。どの畑でも、働いているのは、老人で、そして独りだった。蜜柑の詰まった重たい箱を横に置いて、道に座りこんでいるおじいさんがいた。

■「祝島」⑯ おじいさんは「どこから来た? 食うか?」といって蜜柑をくれた。ぼくは、来る途中、いくつもの、耕作を放棄された畑がある理由を訊ねた。するとおじいさんは、「耕す者が亡くなると、あとを継ぐ者がいないからね」と答えた。そして「みんな、原野に戻るんだよ」と。

■「祝島」⑰　畑の間の道を登り詰めると、その最奥、もっとも高い場所にたどり着く。そこが、平さんの「棚田」だ。城壁のような壁によって、何段も、高く積み上げられた田んぼがあった。それは、平さんのおじいさんが、40年かけて、山の石を切り落としながら、たったひとりで作ったものだ。

■「祝島」⑱　三段目の田んぼは今年から耕すことをやめた。平さんにはもうそんな体力が残っていないから。遥か上には、未完の「棚田」が、まだ二段ある。でも、それが完成することは、ない。「田んぼを継ぐ者はもういません。あとは原野になるだけです」。平さんも、同じことをいうのである。

■「祝島」⑲　平さんのおじいさんは「子孫たちが飢えないように」と願い、後半生を田んぼ作りに費やした。平さんも、島を出た子どもや孫たちのためにいまも米を作り続ける。字の読めないおじいさんにお話を読んであげるのが、小学生の平さんの仕事だった。でも、その役目をしてくれる孫は平さんにはいない。

■「祝島」⑳　ぼくは、ひどく不思議な気がした。ぼくの母親の故郷は同じ瀬戸内の尾道、その近隣の農家が、ぼくのルーツになる。90歳を超えて、なお農作業をしていた曾祖母は「ばあちゃん、なんで働くン？」と訊ねられ、「曾孫に食べさせたいから」と答えた。ぼくはその曾孫のひとりだったのだ。

■「祝島」㉑ 父親の故郷は宮城県仙台、彼の両親は、田舎を捨て都会に出た。ぼくの両親もまた、農業や農家や田舎(いなか)を嫌った人たちだった。その封建的な息苦しさに我慢できなかったからだ。彼らは、「自由」を求めて都市へ出た若者たちだった。だから、ぼくは、そんな彼らの末裔(まつえい)になる。

■「祝島」㉒ 祝島に来て、そこで静かに働き続ける老人たちを見て、ぼくは、ぼくが見ないようにしてきた、そこに戻ろうとは思わなかった、忘れようとしていた、曾祖母たちを思い出していた。着ている服、ひび割れた手のひら、陽にやけた顔つき、人懐こさ。どれも、ぼくが知っているものだった。

■「祝島」㉓「帰っておいでよ」曾祖母たちは、よくそんなことをいっていた。でも、ぼくは戻らなかった。いろんなものをよく贈ってくれた。みんな、ダサかった。だから、両親に「こんなものいらないよ」といって怒られた。その人たちが死んだ時も戻らなかった。ぼくは、田舎を捨てたのである。

■「祝島」㉔ だが、「田舎」を捨てたのは、ぼくだけではないだろう。都市が田舎を、中央が地方を捨ててきたのだ。晩年、母親は「最後は田舎に戻りたい」といっていた。「お金は心配しないで」とぼくはいった。母親は淋しそうだった。そんなことは問題ではなかった。戻るべき田舎は消え去っていたから。

■「祝島」㉕　祝島は、幸福感に満ちあふれた場所だ。けれども、ぼくは、同時に、耐えられないほどの、深い後悔の気持に襲われ続けた。ぼくは、ただ恥ずかしかったのだ。ぼくが捨てた人たちのことを思い出さざるをえなかったから。

■「祝島」㉖　祝島の「反原発」運動は成功するかもしれない。それでも、そう遠くない未来、この島に住む人たちはいなくなるだろう。だとするなら、こんなところには希望がない、といえるだろうか。それは、ぼくたち都会に住む者の傲慢な論理ではないのか。

■「祝島」㉗　祝島は、みんなで手をつないで、ゆっくり「下りて」ゆく場所だ。「上がって」ゆく生き方だけではない、そんな生き方があったことを、ぼくたちは忘れていたのだ。それは、確実に待っている「死」に向って、威厳にみちた態度で歩むこと、といってもいい。

■「祝島」㉘　そこで手をつないでいるのは老人ばかりで、でも、その内側には、守られる雛鳥のように、小さな子どもたちが、ほんの少しだけ歩いている。

■「祝島」㉙　「祝の島」に、全校生徒2人の小学校に、たった1人の新入生の入学式のシーンがある。そこには、たくさんのおばあさんたちも出席している。その子は「みんなの孫」なのだ。島の人たち全員によって、守られ、愛されるべき存在なのである。

■「祝島」㉚　ぼくは結局、祝島のような場所では、生きてゆくことができないだろう。そこは、ぼくにはもう、単純すぎるし、清冽すぎる。ぼくは、ぼくの知った「自由」に「汚染」されてしまっているから。けれども、この場所にいると、ぼくの中に、どうしても否定できない思いが溢れるのである。

■「祝島」㉛　それは、ほんとうは、ずっと前から、ぼくも知っていたものだ。そして、忘れようとして、忘れずに残っていたものだ。そのことを思い出すためには、この場所が必要だったのである。

■「祝島」㉜　世界中にそんな場所がある。若者たちはみんな「外」に出ていく。でも、残され、捨てられてもなお、その場所に残り、出て行った者たちのことを忘れず、愛と呼ぶしかないものを贈り続ける人たちがいるのだ。

■「祝島」㉝　ぼくはただ頭を垂れたい。なにに向ってかは、わからないにしても。

以上です。今晩は、聞いていていただいて、ありがとう。

12月13日（火）

■今日は、明治学院（戸塚）連続公開講座の最終回。映画監督（というかアダルトヴィデオ監督）の平野勝之（ひらのかつゆき）さんと対談します。平野さん、映像資料持ってくるので、うちの大学構内で初めて「公に」AVが見られるかW

12月14日（水）

■連続講座最終回終わり、ついでにゼミの打ち上げをして十時半過ぎに帰宅。れんちゃんは爆睡（ばくすい）、しんちゃんは河童（かっぱ）の皿（？）を頭に載せて「おそかったねぱぱ、さあいっしょにねよう」といいました。それでもって一緒に寝て、いま起床。さあ、仕事しよ。

☞12月15日（木）［エッセイ］連載「国民のコトバ」第二回「『幻聴妄想』なことば」（『本の時間』二〇一二年一月号）掲載／本書327ページ収録

12月16日（金）

■今日は、しんちゃんの保育園の「年末こども会」でした。しんちゃんは、「森のくわがたむし」をやりましたが、熱演のあまり、角を折りました……。いよいよ、あとは、卒園式が残るだけです。もう保育園に通うこともなくなりますね。

☞［評論］連載「ぼくらの文章教室」最終回「11　2011年の文章」（『小説トリッパー』二〇一一年冬季号）掲載／本書329ページ収録

12月20日（火）

■ひと仕事終わったのだが、寝たほうがいいのだろうか。あと2時間もしたら、れんちゃん・しんちゃんが起きてくるしなあ……。

■贈っていただいた本で遊んでしまいました。もはやぼくも仲間です。【＊『本の時間』の連載の中で『幻聴妄想かるた』を取り上げたことに対して、担当編集者からお礼のツイートをもらって】

12月22日（木）

■今日の朝日新聞朝刊の論壇時評に農文協（農山漁村文化協会）の雑誌と東浩紀さんの『一般意志2・0』をめぐる問題について書きました。読んでいただけると嬉しいです。

☞［論壇時評］「立ち向かうため常識疑おう――二つの『津波』」（『朝日新聞』）掲載／本書332ページ収録

12月23日（金）

■では、ちょっと、サンタクロースの買い物をしてきます。しかし、れんちゃんとしんちゃんが家にいるのに、どうやってプレゼントを搬入（はんにゅう）すればいいのだ？

12月25日（日）

■0時を過ぎて少ししてから、隠していたプレゼントをツリーの下にセットして、仕事していたら、1時半頃、いきなり、仕事部屋にれんちゃんが現れ、「ぱぱ、サンタさん、きたよ」といった。「えっ？」というと「ツリーのしたに、ぷれぜんとがあった！　きて！」リビングに連れていかれた。

■「ほんとだ……（だって、ぱぱがセットしたんだから）」「すごいね」「ほんとだ」「ぱぱ、サンタさんにきづかなかった？」「きづかなかった、仕事してたから」「ママは？」「ママは寝てたと思うね」「ふーん。サンタさん、ほんとにいたんだ……」

■「あっ！」「なに？」「ちょっとまって……サンタさんにおいておいた、まんがとおかしがうごいてる！」「（あれ……触って、動かしちまった）サンタさんのためにおいてたの？」「うん。まんがかいたんだよ」「ふーん。でも、もうねなさい」「うん！」

■というわけで、夜中に起きたれんちゃんをやっと寝かしつけました。いや、セットしてるところを見られなくてよかったです。では、世界中の子どもたち、メリークリスマス！　世界中のぱぱとまま、メリークリスマス！　それ以外のみなさん並びにサンタさん、メリークリスマス！

12月29日（木）

■今年最後の卒論指導ゼミから帰宅。来年は三日にやります。それでお終い！

12月31日（土）

■クリスマスの少し前から、我が家では、ウィルス性胃腸炎が蔓延（まんえん）。れんちゃん↓しんちゃん↓奥さん↓ぼく↓（もしかしたら繰り返し？）れんちゃん、とたいへんでした。夜中に、しんちゃんを日赤に連れていったり、とか。やっと全員元気になったら、もう大晦日ではありませんか！

２０１２年１月１日（日）

■みなさん、あけましておめでとうございます。長い、忘れられない一年が終わりました。今年が、みなさんにとってよい年でありますように。

文章
text

2011年3月11日から書いたこと

3月19日（土）［エッセイ］3・11　ニッポンの「戦争」——Post-Postwar

２０１１年3月11日、「東日本大震災」が起きて約十時間後、ひとりのコラムニストはすでに週刊誌に書いていたコラムを破棄（はき）し、新しく書き直した。「国難というべきであろう」で始まる、その文章の中で、彼はこう書いている。

「日本国が政治的経済的倫理的に堕ちるところまで堕ちた時に、私たちはとどめのような鉄槌をうけた。しかしそれをとどめにしてはいけない。むしろバネとしてここから立ち上がるのが日本民族の精神というものであろう。『非常時』だからできることがある。『常識』に縛られて滞っていたものを今こそ動かさなくてはいけない。救国内閣を作ろうではないか。（中略）。阪神淡路大震災の時には、衰えた日本国を狙ったかのようにオウム真理教事件が起きた。そういう『侵略』にも備えるべきだ。繰り返す。今こそ私たちの底力を見せる時である。諸君、闘おう。復活の日まで」

「国難」、「非常時」、「救国内閣」、「侵略」、そして「闘おう」。彼が用いたのは、「戦争」時に馴染み深いことばだった。それは、眼前の巨大災害が「戦争」による惨事に似ていたからではない。目の前に現れた「それ」は、日本人の多くが、恐れつつも、予期していた、ほんものの「戦争」だったからだ。


四年前、ある政治論文誌に掲載された、ひとりの無名の青年の小さな評論が、大きな話題を呼んだ。タイトルは「希望は、戦争」である。

「我々が低賃金労働者として社会に放り出されてから、もう一〇年以上たった。それなのに社会は、我々に何も救いの手を差し出さないどころか、ＧＤＰを押し下げるだの、やる気がないだのと、罵倒を続けている。平和が続けば、このような不平等が一生続くのだ。そうした閉塞状態を打破し、流動性を生み出してくれるかもしれない何か——。その可能性のひとつが、戦争である」

　このことばは、社会を震撼させた。なぜなら、彼は、若者の代表として、戦後六十年、日本が、国の理念としてきたものを、「人間の尊厳」を賭けて、否定したからだ。

敗戦は、根本からこの国を変えた。この国が選択したのは戦争を放棄し「平和」と「民主主義」に徹すること、そして、「経済成長」によって、豊かな国に生まれ変わることだった。「平和」と「民主主義」と「経済成長」、それが機能し、信じられていたのは、いつ頃までだったろうか。少なくともこの二十年、成長は鈍化し、経済格差は劇的に拡大し、既成の政治システムへの不信は頂点に達していた。誰もが、口には出さなかったが、遅かれ早かれ、「破局」は免れえないと感じていた。その青年は、「破局」の形を、はっきりとしたことばにしたのである。

震災発生から五日が過ぎた。スーパーマーケットから品物が姿を消し、ガソリンスタンドに車が長蛇の列を作っている。親に連れられて、子どもたちが続々と東京から「疎開」し始めた。テレビでは、破壊し尽くされた東北地方沿岸の町や集落の映像が繰り返し映され、「死者」と「行方不明者」の人数は、無慈悲に、どちらも五桁に達しようとし、溢れる避難民は、灯火のない体育館の中、凍えるような寒さに震えながら、助けを待ちつづけている。どれも、「戦時下」の情景だ。今日、天皇が、即位以来初めて、国民に直接メッセージを訴えるビデオが流れた。それも、六十六年ぶりのことだ。そして、いま、日本人は、もう一つの、恐ろしい映像に視線を奪われている。福島第一原子力発電所の四つの原子炉は、破損し、次々と炎上、爆発している。第3号機の爆発で、小さな、茶色い、きのこ雲が上がった時、わたしたちは、封印してきた記憶が蘇るのを感じた。六十六年前、戦争を終結させた、もう一つの巨大な原子の雲のことを。思えば、原子力発電は、戦争ではなく平和を、なにより経済的豊かさを目指すことを選んだ日本にとって、象徴的な存在であった。巨大な兵器にもなりうる原子の力を、経済のためにだけ使うことを、わたしたちは選んだ。あるいは、経済的な目標を達するために、その危険性に目を瞑ろうとした。そして、その原発が、わたしたちに牙を向け、「敵」となったのである。

　終戦後六十六年、わたしたちは、ずっと「戦後」ということばを使い続けてきた。繰り返し、「もはや戦後ではない」と言いながら。他に、時代を表すことばを知らなかったのである。いま日本で最高の歴史社会学者（近現代日本史）である小熊英二は、かつて「いったい、我々は、いつまで『戦後』ということばを使い続けなければならないのか」という質問に対して、こう答えた。

「いつまでも。なぜなら、敗戦によって、私たちはまったく新しい国家を立ち上げた。それは建国に等しく、『戦後××年』という表現は『建国××年』という意味なのだから」

　そうして、こう付け加えたのだ。「そうでなければ、次の『戦争』が起こるまで」と。

「戦後」六十六年、わたしたちは、多くの「善き」ものを失った。その最大のものは、人々を繋いでいた、さまざまな共同体である。「会社」や「家族」や「近隣」が、その役目を果たさなくなり、「孤独」ということばが大手を振って歩きはじめた。わたしたちは、たったひとりで、世界に放り出されたのである。そして、「戦争」が始まった。

未曾有の混乱が続く中、それにもかかわらず、わたしたちは、熱狂的な連帯の気運と不思議な高揚感に包まれている。それは、「戦争」がもたらす、いちばん大きなものだ。

圧倒的に巨大な「敵」の登場は、ばらばらだったわたしたちを、もう一度繋ぎ合わせようとしている。もちろん、この「戦争」は始まったばかりで、どのように終わるのか、誰にもわからない。だが、少なくとも、「戦争」前とは異なった社会が出現するように、わたしには思える。

そこには、なにがあるのだろう。六十六年前、無から（「敵」であったアメリカの助けを借りて）、新しい理念を作りだしたように、わたしたちは、新しい「日常」や、新しい「倫理」や、そのために生きていたいと思える新しい「共同体」を作りだしているだろうか。それを知ることは、いまは出来ないのである。

『ニューヨーク・タイムズ』3／19・オピニオンページ

3月22日（火）［エッセイ］震災の後で①

こういう時だから、やはり、今度の震災のことを書いておくことにする。もし可能なら、3月19日付けの『ニューヨーク・タイムズ』日曜版に寄稿（きこう）しているので、電子版でも読めるはずだから、ぜひ読んでもらいたい。それから、ツイッターでも（アカウント名はtakagengen・もちろん本名）、「祝辞」という形で、まとまったものを書いているので、そちらも読んでもらえると嬉しい。【＊本書29ページ収録】

津波で家が流れ、人が亡くなる。巨大な自然災害だけではなく、本来、まったく異なったジャンルの事件である原子力発電所の爆発・炎上が続いた。こちらは、人災だといっていいだろう。そして、いまもなお、どのような終わりを迎えるのか、誰にもわからない。

だが、それだけではない。この震災のような大きな事件の後には、余震のように、さまざまな事件が引き続いて起こる。政府の対応の遅れが批判を呼び、原発の安全性をめぐって、反原発派との論争が再び巻き起こり、パニックに陥った人たちが、買占めに走り、子どもの安全を願う親たちが子どもたちを連れて一斉に「疎開」する。本来、被災地ではない東京周辺でも、大きな社会的混乱が起こっている。ぼくが勤める大学でも、卒業式が中止になった。子どもたちは、夜、小さな揺れに怯えて、泣き止まない。テレビや新聞、あらゆるメディアは「震災」一色になり、他には、なにも存在しないかのようだ。もしかしたら、あの日、3月11日から、ぼくたちは、違う世界へ滑り込んだのかもしれない。

こんな時、なにを考えればいいのか、どこから考え始めればいいのか、あなたたちは、わからないだろう。いや、大人たちだって、よくわからないのだ。なにしろ、これは、誰も体験したことのない事件なのだから。

でも、慌ててはいけない。驚くほど多用された「想定外」ということばを、安易に使ってもいけない。ほんとうに、これは想像もできない事件なのだろうか。いま、ぼくたちが陥っている不安と、同時に巻き起こっている善意の熱狂は、かつてなかったことなのだろうか。

巨大地震とそれがもたらす社会の不安の経験は、関東大震災の時にある。それを自らの目で見た者は、もう、ほとんど生き残ってはいない。それから、太平洋戦争の災禍が続いた。その時も、人は恐れ、あるいは、熱狂した。戦争が終わって、戦争前の価値がすべて否定され、民主主義と平和が至上のものとされると、やはり人々は熱狂した。社会の、途方もなく大きな、「想定外」の変化が、巻き起こすのは、恐怖であり熱狂だ。だから、ぼくは、「あの頃」になにがあったのかを、いまこそ知りたいと思う。少し知っているなら、もっと詳しく知りたいと思う。「あの頃」の経験を知っている人たちの声を（もうすぐ聞けなくなってしまうから）、聞いてみたいと思う。

圧倒的な現在と、なにも見えない未来にばかり目が向くのは仕方ないことなのかもしれない。でも、いまこそ、過去にも目を向けてみてはどうかとぼくは思うのである。

『MAMMO・TV』連載「時には背伸びをする」#197

3月27日（日）［選評］強度あり――第16回中原中也賞

詩を読む時は、とりわけ、選考委員として、詩を読んでいく時には、小説を読む時より、頭も体力もたくさん使う。そんな気がする。全開で、立ち向かわなきゃ、わからない。でも、それが楽しい。

『宮の前キャンプからの報告』。装丁がカッコいい。おさめられた詩のことばたちは、みんな素直。いいことばたちばかり。でも、作者の実際の生活に接近しすぎているのではないかと思った。もう少し、読者を緊張させてほしかった。

『明石、時、』。ことばを扱うときの手さばきは、まことに繊細で美しいと思った。だが、それがなんのためなのか、作者には、果して、そのことばを読むはずの読者が、どう見えていたのかがわかりにくいように感じた。

『クレピト』。好ましい詩、嚙みしめるように読める詩がいくつもあった。しかし、読み進むうちに、前に読んだ詩篇を、一つずつ忘れていってしまうような気がするのは、なにかが足りないからだ。その「なにか」について考えざるをえなかった。

『越境あたまゲキジョウ』。わくわくする詩篇が最初から続く。ひらがな多めのことばは、作者の身体と呼応して、こちらの肉体も揺さぶる力がある。残念なのは、その、軽やかなことばの疾走が最後まで続かず、途中から、停滞してしまったことだ。詩のことばが、いつの間にか、散文のことば（それも、あまり出来のよくない）になっていた。惜しい。

『ヴェジタブル・パーティ』。すごい、と思った。でも、申し訳ないことに、この詩集のすごさを、選考会の時も、そして、いまも、ぼくは、どうしてもうまくことばで説明できない。受賞作がなかったら、ぼくは、この詩集を、第一に推していただろう。この作品は、おそらく「境界」について書かれて（歌われて）いる。そして、それが、なにとなにの「境界」なのか、そのことを、読者にいつまでも考えさせてくれるのである、
　通常の意味では、「新人」の作品は、ここまでで、これから書く、二つの詩集は、ある意味で、「手練」の作品だ。

『Agend'Ars』。いい詩ばかり、というか、読んでいて、一つも飽きる作品がない。そのことばによって、ぼくたちは、世界を（地理上で、歴史上で、そして、もっと広い別の世

界を）彷徨する。この一冊の薄い詩集を読んで味わう「旅」の体験の密度は圧倒的だ。強いていうなら、一切乱れぬその安定感故に、詩としての戦慄が欠けた恨みがある。

そして、最後に『生首』。この詩を読んでもっとも感じたのは、「強度」ということだ。詩に、いや、あらゆる（言語を含む）表現において、最後に「勝つ」のは、繊細さでも、強靭な論理や倫理でもなく、「強さ」ではないか、ということだった。これは、読んで感じてもらうしかない。時には、反発を感じることばづかいや内容もある。だが、この詩集の「強度」は圧倒的だった。おそらく、「新人」に必要なのは、この要素なのだ。いや、新人だけではないのかもしれないが。

『ユリイカ』二〇一一年四月号

4月7日（木）［書評］想像上の14歳へ——『池澤夏樹の世界文学リミックス』

「池澤夏樹の世界文学リミックス」は夕刊フジに連載されていて、ぼくはもちろん、競馬欄を読むために買っているのだけれど、いつも、池澤さんの連載のところだけは読んでいた。そして、ああ、これはぼくもやりたいことだったのに、と思ったのだ。

最初に書いておかなきゃならないのは、まず、池澤さんが、個人で「世界文学全集」を編纂（へんさん）したこと。これはまあ、とにかく、ちょっと驚くべきことなのだった。

いまでは信じられないかもしれないけれど、「世界文学全集」とか「日本文学全集」というものが、どの家でも必需品だった時代があった。だから、いろんな出版社が、いろんなタイプの「文学全集」を出した。それは、ものすごく有名な作品（「世界」の方でいうと、シェイクスピアの『ハムレット』とかゲーテの『ファウスト』とか）は定番で必ず入っていて、それに加えて、「おお、こういう作品も入れるのか」というような新しめの作品やあまり知られていない作品を何点か入れる、という形のものが多かった。そして、「全巻を予約すると、特製本棚プレゼント」という感じで、テレビが鎮座(ちんざ)している居間、というかリビングに「世界文学全集」がやって来るのだった。

いま思うと、ほんとうに、その「世界文学全集」が読まれるために買われたのかは、疑わしい。それは一種の教養主義で、「世界文学」を読むと立派な人間になることができる、というような信仰のようなものがあって、とりあえず「世界文学」を揃えることが、まっとうな人間のすることのように思われていたのだった。それに、少なくとも、その中の何冊かは、たぶん読まれることもあっただろうから、ふつうの人が(世界)文学に接することは、ふつうに可能だったのだ。

ところが、気がついた時には「世界文学全集」なんてものは一切流行(はや)らなくなっていた。そもそも「文学」というものに、みんなが興味を失ったのか、あるいは、ただでさえ場所をとる本の、しかも図体のデカい「全集」を収納する余裕がなくなったからなのか、それはわからない。とにかく、「世界文学全集」は「無用の長物」の代名詞となったのである。

もう、「世界文学全集」なんてものは不必要なのだろうか。いや、そうではない、と池澤さんは考えた。いまこそ必要なのだ、とも。

池澤さんが、いまこそ「世界文学全集」が必要だ、と考えた理由は、「まえがき」に書いてある。

「古代からスタートするのはやめて、出発点を今に置く。今のこの時代を読み解くものを選ぶ。今の時代というのはつまり第二次大戦の後だ。この半世紀ほどの間に文学は世界をどう書いてきたか。9・11は現代文学で説明できるか。（中略）／大事なのは、インターネットとブログとSNSの時代にあっても文学は機能しているということだ。社会に大きな変動があった時、その中に生きる個人の運命が大きく変わる時、それを記録して長い目で見た意味づけを行うのはやはり文学である。二〇一一年三月の今、北アフリカのムスリム諸国を揺り動かす市民革命の真の意義を知るために読むべきは『ニューヨーク・タイムズ』でも『コーラン』でもなく、この全集にぼくが入れたイサベル・アジェンデの『精霊たちの家』なのだ。そう主張するのが文学者の立場である」

池澤さんがこう書いておそらく僅か一週間ほどで、この国を巨大な地震と津波が襲った。ぼくが、これを書いているいまも、死者と行方不明者は合わせて二万人を超え、爆発炎上した原子力発電所が安定を取り戻す様子はまだない。そして、この「世界文学全集」が完結する第三集に、石牟礼道子の水俣病患者たちの戦いを描いた作品、『苦海浄土』が収録されていることには、驚かざるをえない。これは、「9・11」以降に読むべき一冊であると同時に、「3・11」以降に読むべき一冊でもあるからだ。ぼくたちは、おそろしいほどに時宜を得た全集を、目の前にしているのである。

この『池澤夏樹の世界文学リミックス』は、まったく新しい意味を持つ、この世界文学全集の性質を、それ自身によって、これ以上はないほどにうまく説明している。

「画家のゴーギャンのおばあさんの話、知ってるかな?」(ゴーギャンの祖母『楽園への道』)

「ぼくは大袈裟かもしれないけど、日本では表現の自由の制限はどんどん深刻になっている。郵便受けにビラを入れたら家宅侵入罪とか、歌を歌わない人が迫害されるとか(たとえその歌が「国歌」でも)、やばいよね」(筆禍への覚悟『存在の耐えられない軽さ』)

これはいったい誰に向かって書かれた文章だろう。ぼくは、この文章が「(現代を生きる)想像上の14歳」に向かって書かれていると感じる。かつての「世界文学全集」は、教養を得るために存在した。そこには、すべての人間が学ぶべき規範があるという信仰があった。「9・11」の後(そして、それに続く「3・11」の後)、ぼくたちは規範なき世界に突入したのだ。すべては新しく発見するしかない。文学もまた、その戦いの重要な役割を担（にな）うだろう。そのための力を、「来るべき世界」の主人公である「想像上の14歳」に与えるために、この全集はある。そのことを、池澤さんは、その文体によって明らかにしているのである。

『文藝』二〇一一年夏季号

4月7日（木）［小説］連載「日本文学盛衰史」戦後文学篇17　冒頭

第十七回　タカハシさん、「戦災」に遭う①

タカハシさんは、なんとなく、カレンダーを見た。ほんとうに、なんとなく、であった。

二〇一一年三月十一日。

それは、タカハシさんの長男のレンちゃんの卒園式の日のことであった。

天気は良く、とても暖かくて、タカハシさんはたいへん麗らかな気持ちで、朝、目覚めた。いつもこうだといいな、と思った。そして、その日に限って、カレンダーを眺めたのである。

二〇一一年三月十一日のことである。

その日、レンちゃんは、おニューのスーツ（ただしパンツは短め）を着てネクタイを締め、タカハシさんは、勤めている大学の入学式と卒業式にしか着ることのないスーツを着て、それから、タカハシさんの奥さんは、久しぶりに和服を着て、卒園式に参加したのだった。もちろん、卒園しないシンちゃんも、ちょっとだけお洒落をして、ネクタイ柄のTシャツを着ていた。

卒園式は、保育園の地下のホールで執り行われた。二歳児・三歳児・四歳児が待ち構えるなか、レンちゃんたち卒園児童たちが堂々と、先生がピアノで弾く行進曲にのって入場し、それから、椅子に腰かけた。みんな、着飾っている。タイガくんなんか、紋付き・袴姿だ。両親の力の入れ具合がわかるではないか。

いいものだなあ、とタカハシさんは独りごとをいった。保育園の卒園式は。だいたい、国旗も飾ってないし、君が代斉唱もないし。いや、こんなことを呟いては、「公立の保育園で卒園式に国旗・国歌がないのは如何なものか」という人が出るかもしれない。黙って、眺めていることにしよう。複雑な問題は、この際、パスしておこう。タカハシさんは、そう思ったのである。

卒園式は順調に進んでいった。合間、合間にレンちゃんたち「しか組」の演技やら、歌が入る。

ほんとうに、とタカハシさんは思った。

おむつがなかなかとれなかったのに、よくわからない英語の歌なんか、楽々と歌っちゃって。

それにしても、こういうふつうの親の感慨を、ふつうに呟いているなんて、ぜんぜん作家らしくありませんね、とタカハシさんは、自身に向かって、弱々しげに語りかけた。まっ、いいか。小説に書かなきゃいいんだから。

（以下、続く）

『群像』二〇一一年五月号

4月13日（水）［エッセイ］震災の後で②——原発のこと

4月10日に「反原発デモ」が高円寺であって、そこに奥さんが子どもたちを連れて出かけた。ぼくが出かけなかった理由は一つではない。もちろん、奥さんに「行くな」ともいわなかったし「まだ判断ができない子どもを連れてゆくのは、どうなの？」ともいわなかった。意志表示をすることは大切だから、どんどんやればいいと思う。まだはっきりした自分の意志を持たない子どもを連れてゆくのもいいだろう。ずっと後になって、「あれは何だったんだろう」と思う機会が一つでも増えるのも、いいことだ。でも、「原発」のことを考えるのは難しいね。みんなもそう思っているんじゃないだろうか。

これまでも、「原発推進」派と「反原発」派の「論争」は続いてきた。今度の「原発事故」で、「原発推進」派の論拠が崩れて、一挙に「反原発」の考え方が広まるかというと、そうはならないようだ。

「原発推進」派は「それほどひどい事故ではない」とか「チェルノブイリと比べるとずっと被害は少ない」とか「千年に一度の災害なんか予想できない」とか「ではCO_2を大量に出す火力発電を推進して環境を破壊してもいいのか」と、ある意味では、以前より強く主張しているようにも見える。もちろん、「反原発」派は、福島原発の悲惨な状況を目前にして、「ほら、言ってきた通りじゃないか」と大きな声で主張する。「反原発」派が、「放射能汚染の危機」を訴えれば、「原発推進」派は、「まるで科学的ではない、なんの根拠もない」と反対する。双方の主張を、あなたたちは、どう考えるだろう。

「なんとなく不安だけれど、うまくいえない」とか「原発はない方がいいと思うけれど、なくしても平気かといわれると、答えられない」という人が多いんじゃないだろうか。

中部大学の武田邦彦（たけだくにひこ）先生は、「原子力に推進派と反対派がいて、推進派の中でも、何が何でも推進という人と安全な原子力を推進したいという人と2種類」がいるし、反対派の中にも2種類がいるとおっしゃっている。

「つまり、

①何が何でも推進

②安全な原子力なら推進
③原子力は不安全だから反対
④何が何でも反対」

の4グループだ。
日本では①と④のグループの力が強く、その二つの間では、ほとんどコミュニケーションがない。対話の可能性がある②と③の発言力がほとんどないことに、武田先生は危惧を感じている。

けれど、このような「絶対賛成」と「絶対反対」の対立は、原子力（原発）問題だけではなかった。憲法9条の「改正」問題も同じではなかったろうか。遡れば、「権力」対「反権力」にまで（あるいはもっと別の何かにまで）行き着くかもしれない、この「会話不能の対立」の形こそ、もっとも恐れるべきなのかもしれないのだ。

『MAMMO・TV』連載「時には背伸びをする」#198

4月28日（木）［論壇時評］身の丈超えぬ発言に希望——震災とことば

東北を地震と津波が襲った3月11日から何日かたって、東京から新幹線に乗った人がいた。車両は、子ども、というか赤ん坊を連れた母親ばかりで、通路には、何台も乳母車（うばぐるま）（バギー）が置かれていた。その人は、最初、母親と子どもの団体が乗りこんだものと考えた。だが、通過する駅ごとに、母親と子どもが消えてゆくのを見て、偶然、同じ列車に乗り合わせただけだとわかった。母親たちは、手短に情報を交換し、「義援金を送ったわ」といい、それから、目的地に着くと、「ごきげんよう」と残る母親にいって降り立った。破壊された原発から流出した放射性物質による汚染を恐れて「疎開」する母親たちだ。その人は、母親たちが、情報を鵜呑（うの）みにすることなく、自分の「身の丈（みのたけ）」に従って取捨選択し、行動している様子を、好ましい、と感じた。そうわたしに話してくれたのは、66年前の3月10日、東京大空襲で10万人が亡くなった時、炎の中を逃げまどい、かろうじて生き残った人だった。

*

「論壇（ろんだん）」ということばが、社会的なテーマについて議論をする場所、を意味するなら、2011年3月11日以降、この国のあらゆる場所が「論壇」になった。

いわゆる「論壇雑誌」だけではなく、テレビや新聞を筆頭にマスコミやインターネットから、ふだんは芸能人のゴシップやアイドルの水着写真を掲載する雑誌にまで、「震災と原発」をめぐることばが溢れた。わたしたちすべてが、否応（いやおう）なく「論議」に参加するよう求められた。あるいは、「巻きこまれた」のである。

「震災」をめぐる、膨大なことばたちには、いくつかのはっきりした特徴があるように思えた。一つは、この「震災」を、66年前の「敗戦」になぞらえるもの。その代表が、御厨（みくりや）貴（たかし）の「『戦後』が終わり、『災後』が始まる」(1)だ。御厨貴は、「3・11」を、2001年のアメリカ同時多発テロ「9・11」と比較し、関東大震災と比較し、東京大空襲や敗戦と比較し、時代を画するものと位置づける。御厨だけではない。「論壇」のことばに、一斉に、まるで示し合わせたように、「敗戦」や「空襲」や「焼け跡」が蘇った。不思議なのは、それを経験したことのない世代までが、過去の風景を蘇らせたことだ。崖から落ちる者の脳裏には、落下してゆく僅かな時間に、過去のすべての風景が蘇るという。ならば、「3・11」という、凄まじい落下は、日本人が忘れていた過去の記憶の封印を解いたのかもしれない。

「3・11」が、66年前の（第一の）「敗戦」に次ぐ、（第二の）「敗戦」であるなら、かつてそうであったように、わたしたちは、（第二の）「復興」を目指せばいいだけだ。困難かもしれないが、複雑な道筋ではない。だが、実際には違ったのである。

そのとまどいを、東浩紀はツイッター上で正直にこう告白している（②）。「多くのひとが言っているとおり、この一連の事件は66年前の敗戦にどことなく似ている。しかし問題は（震災数日後に呟いたが）、それが『戦後』に似ているのか『戦中』に似ているのか。戦後に似れば日本はこれから復興に向かい希望がもてるが、戦中に似るとなるとどうも暗い」

もしかしたら、わたしたちが向かおうとしているのは（第二の）「戦後」ではなく、（第二の？）「戦中」ではないのか。だとするなら、わたしたちが目の前にしている「戦争」とは、何だろうか。

成長期を過ぎ、衰退の道を歩み始めた、この国がなしとげねばならない「復興」の困難な戦いのことだろうか。終わりの見えない「原発」収拾への道なのか。あるいは、「原発推進派」と「反原発派」の、憎悪の応酬にも似たやりとりのことなのだろうか。それらすべてを含めた、霧のように霞んで見えない未来を前にして、立ちすくむしかないことが、わたしたちに「戦争」を感じさせるのだろうか。

*

わたしが目にした「論壇」のことばは、「震災」以前のものと、ほとんど変わりがなかった。新しい事態を説明するためのことばを、多くの論者は、持ち合わせていないように、わたしには思えた。そのせいだろうか、この1カ月、わたしが目が醒める思いで読んだのは、「論壇」以外のことばだ。それは、たとえば、城南信用金庫の「脱原発宣言」であり、ユーチューブ上で公開された、理事長のメッセージだった③。

そこで目指されているのは、すっかり政治問題と化してしまった「原発」を、「ふつうの」人びとの手に取りもどすことだ。「安心できる地域社会」を作るために、「理想があり哲学がある企業」として、「できることから、地道にやっていく」という、彼らのことばに、難しいところは一つもないし、目新しいことが語られているわけでもない。わたしは、「国策は歪（ゆが）められたものだった」という理事長の一言に、このメッセージの真骨頂があると感じた。「原発」のような「政治」的問題は、遠くで、誰かが決定するもの。わたしたちは、そう思いこみ、考えまいとしてきた。だが、そんな問題こそ、わたしたち自身が責任を持って関与するしかない、という発言を一企業が、その「身の丈」を超えずに、してみせること。そこに、わたしは「新しい公共性」への道を見たいと思った。

壊滅した町並みだけではなく、人びとを繋ぐ「ことば」もまた「復興」されなければならないのである。

『朝日新聞』4／28・朝刊

①「『戦後』が終わり、『災後』が始まる」（『中央公論』5月号）
②http://twitter.com/#!/hazuma/status/53735915352358912
③「城南信用金庫が脱原発宣言～理事長メッセージ」（http://www.youtube.com/watch?v=CeUoVAICn-A&feature=youtu.be）
＊ネットからの引用は執筆時点のものです。一定時間後、読めなくなる場合があります。

5月1日（日）［エッセイ］震災の後で③——これから生まれてくる子どもたちのために

原発問題での菅首相のブレーンのひとり（内閣官房参与）である小佐古教授が、政府の対応を批判して辞任した。その中で、教授は、小学校などで校庭を利用する際の放射線の年間被曝量を文部科学省が20ミリシーベルトと設定したことに抗議して辞任し、「この数値を乳児、幼児、小学生に求めることは、（中略）私のヒューマニズムからしても受け入れがたい」といった。このことを少し違った角度から考えてみたい。

原発事故からひと月半以上たって、「原発推進」派と「反原発」派の対立の構図は、それほど変わってはいない。「原発推進」派は、「火力発電の方がもっと危険」とか「原発は経済問題」といい、「反原発」派は、原発がいかに危険かを訴える。その間で、どちらの信念も持たない多くの人たち（ぼくもだ）は、はっきりした態度がとれないでいる。それが証拠に、あんな大事故があったのに、少なくとも世論調査では「反原発」派が劇的に増加したという様子はない。あまり、変わりがないのだ。原発は、ほんとうに危険なのか、そうでもないのか。あるいは、原発は「経済的」なのか、そうでないのか。それを正確に判断する知識や情報を、ぼくたちは手に入れられないでいる（どこまで手に入れればＯＫなのかわからない）。だが、問題は、それだけなのだろうか。もっと重要な問題があるのではないだろうか。

いまこの場にいない人間は、当然のことながら、発言することはできない。たとえば、来年、十年後、あるいは五十年後に生まれてくる人間は、まだ存在すらしていないが故に、「現在」についてなにも発言することはできない。だからこそ、いま生きているぼくたちは、彼らへの「責任」を負っているのではないだろうか。

かつて、「太平洋戦争で亡くなったアジアの人たちへの謝罪」をめぐって、「直接、それに関係していないのに、どうしてわたしたちが謝罪しなければならないのか」と反発した若者たちの問題にも似ている。どうして、まだ存在していない者たちのことを考えなければならないのか。

それは、人間は、そのような形で責任や倫理を考える存在だからだ、というしかない。なぜ、人間は、死んだ人間を弔（とむら）うのか。死んだ人間は戻って来ないのだから放っておけばいいじゃないか。忘れてしまえばいいじゃないか。

だが、人間は、そうは思わない。なぜなら、そのように考えるとき（「合理的」に、というか、「コスト的」に）、人間は、その現在的な欲望を、最高の価値と考えるようになるからだ。そして、そのような人間たちの集まりは、滅んでしまうのである。

そうならないように、人間は、「倫理」を必要とした、とぼくは考えている。まだ生まれていない子どもたちに、たとえば、（現時点では）解決できない難問としての「放射性廃棄物」という「負債（ふさい）」を負わせるべきではないのは、そのようなことを許す社会は、おそらく存在しつづけることができないだろうからだ。

『ＭＡＭＭＯ・ＴＶ』連載「時には背伸びをする」＃199

5月7日（土）［小説］連載「日本文学盛衰史」戦後文学篇18　冒頭

第十八回　タカハシさん、「戦災」に遭う②

「一九四五年三月九日午後十時半から十日午前二時半にかけて四時間にわたり、B二九型爆撃機を主力とする米軍飛行機三百五十機が東京をおそった。雪がふっている中を東京中央部、南部に火がもえつづき、家を失う者百万、死傷者十二万におよんだ」（『廃墟の中から』鶴見俊輔）

「(三月）十日（土）晴

○午前零時ごろより三時ごろにかけ、B29約百五十機、夜間爆撃。東方の空血の如く燃え、凄惨言語に絶す。

爆撃は下町なるに、目黒にて新聞の読めるほどなり。

朝来る。目黒駅にゆくに、一般の乗客はのせず、パス所持者のみ乗せる。浜松町より上野にかけ不通、田端と田町にて夫々折返し運転。

八時半に目黒を出て、十時に新宿に着く。

まさかきょうの『胎生学』『組織学』『生物学』の試験はあるまじと思いしに。教室に入れば行われつつあり。ただし生徒は三分の二に満たず。

(中略)

自分と松葉は本郷に来た。

茫然とした、――何という凄さであろう！　まさしく、満目荒涼である。焼けた石、舗道、柱、材木、扉、その他あらゆる人間の生活の背景をなす『物』の姿が、ことごとく灰となり、煙となり、なおまだチロチロと燃えつつ、横たわり、投げ出され、ひっくり返って、眼路の限りつづいている。色といえば大部分灰の色、ところどころ黒い煙、また赤い余炎となって、ついこのあいだまで丘とも知らなかった丘が、坂とも気づかなかった坂が、道灌以前の地形をありありと描いて、この広茫たる廃墟の凄惨さを浮き上らせている。電柱はなお赤い炎となり、樹々は黒い杭となり、崩れ落ちた黒い柱のあいだからガス管がポッポッと青い火を飛ばし、水道は水を吹きあげ、そして、形容し難い茫漠感をひろげている風景を、縦に、横に、斜めに、上に、下に、曲りくねり、うねり去り、ぶら下がり、乱れ伏している黒い電線の曲線。

黄色い煙は、砂塵か、灰か、或いはほんものの煙か、地平線を霞めて、その中を幻影のようにのろのろと歩き、佇み、座り、茫然としている罹災民の影が見える。

この一夜、目黒の町まで夕焼けのように染まったことが、はじめて肯けた。(以下、山田風太郎『戦中派不戦日記』引用続く)

(以下、続く)

『群像』二〇一一年六月号

5月7日（土）［小説］「お伽草子」冒頭

0

ぼくがもっとちっちゃかった頃、ぼくとパパは道を歩いていた。

ぼくとパパはお寺の横を通りかかった。お寺の門から、たくさんのお墓が見えた。

ぼくとパパが歩いている道の両側には桜の木が生えていて、その桜の木から、たくさんの花びらが散っていた。

「あっ」とぼくはいった。

「どうした」とパパはいった。

「いま、ぼく、なにかを思いついたんだ」とぼくはいった。

「このまま歩いてゆくことにするかい、それとも、ここで立ったまま、ちょっと、かんがえることにするかな?」とパパはいった。

「うーん、ここで立ったままかんがえることにするよ」とぼくはいった。

それから、ぼくは、パパの手をにぎったまま、ちょっとの間、かんがえていた。

「パパ」

「なんだね?」

「パパも死ぬの?」

「ああ、死ぬね」

「ふーん。死んだら、どうなるの?」

「死んだら、たましいになるよ」

「それから?」

「たましいになって、空にのぼって、それからしばらく待って、また、地面におりて、赤ちゃんのからだにはいる」

「どうして、しばらく待つの?」

「その前、だれかのからだにはいってずいぶん長い間、しごとをしただろう? だれでも、しごとをしたあとは、少し休む必要があるからさ。それが、たましいであっても」

「ふーん。それで、また、赤ちゃんになるの？」

「そうだよ」

「じゃあ、ママとキイちゃんも、もう赤ちゃんになってるかなあ」

「ママはまだかもしれない。ママは、たくさんおしごとをしたから、まだ休んでいるかもしれない。でも、キイちゃんなら、もうどこかで赤ちゃんになってるかも」

「ふーん。ぼく、キイちゃんに会ったら、わかるかなあ」

（以下、続く）

『新潮』二〇一一年六月号

5月11日（水）［エッセイ］震災の後で④――「棄民」ということ

石牟礼道子さんの傑作『苦海浄土』は、昭和三十年代に発覚した、水俣病についてのドキュメンタリーだ（もちろん、ドキュメンタリーの域を遥かに超えた、最高級の文学作品としての質も持っているのだが、その話は、ここではしない）。

「水俣病」といって、いまの高校生諸君に、どの程度の知識があるだろうか……といえるほど、ぼくの知識も深くはない。それは、九州の不知火海で発生した、代表的な公害病の一つだ。当時の新日本窒素肥料の工場排水に含まれていた有機水銀による中毒で、たくさんの人たちが亡くなり、あるいは回復不能な症状に陥らされた。けれど、この一連の公害問題の深刻さは、他にあった。会社も国も、長く、その責任を認めなかったこと。因果関係が解明された後も、できる限り、その責任をとろうとはしなかったこと。患者たちを、放置しつづけたこと。それらが、そうだ。

これは、国家が先頭に立って推進した「国策」によって生まれた公害でもあった。そして、そのような「公害」は、たいてい地方で発生する。都会に住む我々は、「国策」の果実を受けとるのみで、そのことでなにが起こっているのかを、知らないのである。

「水俣病事件もイタイイタイ病も、谷中村滅亡後の七十年を深い潜在期間として現われるのである。新潟水俣病も含めて、これら産業公害が辺境の村落を頂点として発生したことは、わが資本主義近代産業が、体質的に下層階級侮蔑と共同体破壊を深化させてきたことをさし示す。その集約的表現である水俣病の症状をわれわれは直視しなければならない。人びとのいのちが成仏（じょうぶつ）すべくもない値段をつけられていることを考えねばならない」（『苦海浄土』）

「水俣病」だけではなく、「イタイイタイ病」も、もしかしたら、近代日本最初の公害問題である「足尾銅山鉱毒事件（あしおどうざんこうどくじけん）」（明治二十年代）の現地である「谷中村」も、注が必要かもしれない。けれど、国が走り、それと並んで企業が走り、彼らが棄（す）てたものによって、地方の共同体が壊される、という構図に変わりはない。そのことを称して、石牟礼道子は

「棄民（きみん）」と呼んだ。

「棄民」とは、役に立たなくなった民衆を棄てることだ。誰が、棄てるのか。国が？　そうかもしれない。我々は、そんなひどいことはしない……と断言することが、ぼくにはできないのである。

『MAMMO・TV』連載「時には背伸びをする」#200

5月20日（金）［エッセイ］レッツゴー、いいことあるさ

3月11日は、待ちに待った、長男のレンちゃんの卒園式の日でした。

レンちゃんが卒園式に着てゆく服は、新宿伊勢丹で買いました。こういう時、わたしは、伊勢丹を選びます。誰がなんといおうが。ちょっと、高いけれど。昔に比べて、お客の数がめっきり減った伊勢丹のフロアを見ながら、わたしは「頑張れ」といいたくなりました。わたし（というか、奥さん）が選んだのは、アニエス・ベー（アンファン）のショート・パンツとスーツのセットです。でもって、ワイシャツに蝶ネクタイ。どうも、わたし自身が古き良き時代の「お坊ちゃん」だったせいか、わたしは、そういう恰好を見ると、うっとりしてしまう。ほんとに、卒園式をいちばん楽しみにしていたのは、レンちゃんではなく、わたしだったのかもしれません。

レンちゃんが保育園に通うようになって3年と半年、ほんとうにたくさんのことがありました。

レンちゃんは、すごくいい子だし、頭がいい（親の欲目です）けど、オムツがハズれるのに時間がかかった。奥さんは、そのうちハズれるからといっていましたが、3歳になってもハズれない。というか、ハズすタイミングを逸してしまったのでした。

「これはいけない」ある日、わたしはそう思いました。

「そのうちハズれるだろう、では、どうしようもない。だいたい、誰がそのミッションをやれるというのか。わたし以外にはないではないか」

そう思って、わたしは、1月1日から一週間を「レンちゃん・おむつハズし週間」に設定し、家庭内に戒厳令を敷きました。というか、リビングに防水シートを張りめぐらし、一気に、レンちゃんのおむつをハズしたのです。

「いいですか、レンちゃん。きょうから、おむつではなくぱんつをはきます。おしっこをしたくなったら、ぱぱにいってください。そうしないと、ぱんつからもれちゃうからね」

わたしがそういうと、レンちゃんは「わかった」とでもいうように、大きくうなずきました。でも、その一時間後には、おしっこをもらしてしまったのですが。

いや、結局、「戒厳令」の間に、レンちゃんがおしっこをもらしたのは、その一回だけで、その後、わたしの記憶では、おしっこをもらしたのは僅かに二回、おねしょに至っては一度もしなかったのでありました（いったい、どうして、3歳5ヶ月までおむつをさせていたのか、いまとなっては、謎というしかありません）。

おむつの話なんか、どうでもいいですね。長いようで、短い、3年半の保育園生活でした。そこで、レンちゃんは、友だちを作り、恋をし（ほんとうです）、大きくなったのです。

前夜、レンちゃんは、枕元（まくらもと）に、スーツとパンツ（って、どうもこの表現にはなじめない。わたしとしては、「半ズボン」といいたいです）を置いて眠りました。わたしは、というと、レンちゃんと次男のシンちゃんを寝かしつけて、いつもなら、そのままふたりの間で眠りこんでしまうのに、なぜだか眠れませんでした。

ガアガア鼾（いびき）をかいているレンちゃん、それから、相変わらず、右手の親指を口にくわえて時々熱心に吸いながら眠っているシンちゃん（だから、シンちゃんの指には、おしゃぶりダコができています）、彼らに挟まれて、わたしは、ぼんやり考え事をしていました。

「ああ、3月10日がおわり、3月11日になる」とわたしは思いました。それから、なんとなく「3月10日って、東京大空襲の日だったなあ」と思ったことも覚えています。なにしろ、もう一年半も、「戦後文学」についての連載をしているので、たいせつな日付は頭に入っているのです。でも、それ以上、いろいろ考えたわけじゃありません。泡のように、雑念やら、考えの断片が浮かび、それから、どこかへ消えてゆきました。もちろん、その頃には、わたしも眠りこんでいたのでした。

ピアノが刻むリズムに伴われて、手を繋いだ「卒園児」たちが、会場になった地下のホールに行進しながら入場してきました。もちろん、わたしや奥さん、そして、他の親たち、先生や園児たちもみんな拍手をします。

着飾った「卒園児」たちは、いつもとはなんだか違う子どもに見えます。あんなに恰好よかったんだろうか、あんなに可愛（かわい）かったっけ。わたしは、眩（まぶ）しいものを見るように、目を細めました。

みんなを前にして、整列した「卒園児」たちが、最初に歌ったのは、「世界がひとつになるまで」でした。

「まぶしい陽ざしが
君の名前を呼ぶ
おんなじ気持ちで
空が見えるよ
つらいとき
ひとりきりで
涙をこらえないで
世界がひとつになるまで
ずっと手をつないでいよう
あたたかいほほえみでもうすぐ
夢がほんとうになるから
はじめて出逢った
あの日　あの場所から

いろんな未来が
歩きはじめた
なぜみんな
この地球に
生まれてきたのだろう
世界がひとつになるまで
ずっと手をつないでいよう
思い出のまぶしさに負けない
とても素敵な夢がある」

初めて聞く曲でした。隣の奥さんの話では、ジャニーズ事務所の「Ya－Ya－yah」とかいうグループの曲だそうです。知らなかった……。でも、なんていい曲なんだろう。卒園してゆく子どもたちに、こういう歌を歌わせてくれる保育園の先生たちに、わたしは、深く深く感謝しました。そして、いつしか、わたしも（初めてなのに）、口ずさんでいたのでした。

「世界がひとつになるまで
ずっと手をつないでいよう
あたたかいほほえみでもうすぐ
夢がほんとうになるから
……
世界がひとつになるまで
ずっと手をつないでいよう
思い出のまぶしさに負けない
とても素敵な夢がある」

それから、「卒園児」たちから、先生たちへのプレゼントがありました。何人かのグループに分かれて、ダンスをしたり、太鼓を叩いたり、ミュージカルっぽいことをしたり、コントみたいなものもやりました。

素敵です。全員が参加して、全員がしゃべる。途中では、先生が、マジックショーまでやってくださいました。ターゲットになった園長先生の空中消失！　すごい。これが無料で見られるなんて。

楽しい「卒園式」が終わりに近づくにつれ、会場を寂しさのようなものが充たしてゆくような気が、わたしにはしました。

最後は「修了証」の授与式です。

ひとりひとりの「卒園児」が名前を呼ばれ、会場の真ん中に立ちます。そして、その園児についての、短い「物語」が、担任の先生から語られます。

「××くんは、とても、とてもやさしい子でした。ちゅーりっぷ組やこぐま組のちっちゃい子たちが、おしっこをもらしたり、泣いたりしているのを見ると、いつもたすけてあげにゆくのです……」

そうなのか。××くんは、荒々しい感じがして、いたずらっ子ぽくて、よく怒られていたけど、ほんとうはやさしい子だったんだ。そうやって、先生の「物語」が終わると、園長先生が、××くんに、「修了証」を渡します。でも、それで終わりじゃない。××くんは、その「修了証」を持って、会場の端に立っているおとうさんとおかあさんの前まで行く。そして、こういいながら、「修了証」を渡すのです。

「おとうさんとおかあさんのおかげで、こんなに大きくなりました。ありがとう」

するとと、受けとったおかあさんは、こう答える。

「××ちゃん、ほんとに大きくなりましたね。入園した時は、ちっちゃくて、泣いてばかりだったのに……。卒園、おめでとう」

そして、××くんは、おとうさんとおかあさんに両手を引かれて、万雷の拍手の中を退場してゆくのです。

いや、まいった。わたしは、そう思いました。こんな演出、誰が考えたか知らないが、すごすぎる。ただ泣けるんじゃなくて、おとうさんやおかあさんの心のひだに食い込むような演出じゃないか。

そして、レンちゃんの番になりました。

「レンちゃんは、好奇心がいっぱいの子どもです……」

どうも、わたしは、途中から、先生の話す、レンちゃんの「物語」を聞いていなかったようでした。興奮していたのか、緊張していたのか、それとも、わたしの考えるレンちゃんの「物語」とは異なった「物語」を、耳が拒否していたのか、それは、わからない。いや、わたしは、レンちゃんを凝視しすぎていて、耳の方が留守になっていたのではないだろうか。そんな気がします。

目の前にレンちゃんが立っていました。手に「修了証」を持ち、なんとも不思議な表情で、わたし（と奥さん）の方を見上げています。

「おとうさん、おかあさん、ありがとう……」

レンちゃんはその後、なにかをいいたかったのでしょうか。しゃべっている途中で、わたしが、あまりに強く抱きしめてしまったので、レンちゃんは、それ以上、しゃべることができませんでした。ごめんね、レンちゃん、おとうさんは、すっかり取り乱してしまったよ。

わたしと奥さんはレンちゃんの手を握って退場しました。弟のシンちゃんが、在園児の席で手を振っていました。でも、まだ「卒園式」は終わりではありません。

最後に、もう一度、アンコールみたいに、「卒園児」たちが、みんなの前に整列しました。最後の曲を歌うためでした。

その曲、「レッツゴー、いいことあるさ」も、聞いたことがない曲でした。ポンキッキーズで歌われていた曲だということも、後で知ったのです。ほんとうに、わたしは、なにも知らないのだなあ、と思ったのでした。

「さあ、げんきよくきみもこえだして
きょうのいちにちを　いっしょにはじめよう
たとえともだちとうまくいかなくて
すこしおちこんでても　へいきさがんばろう

レッツゴー！　とびだそう
レッツゴー！　ゆうきだして
レッツゴー！　こんどこそ
レッツゴー！　いいことあるさ
レッツゴー！　とびだそう
レッツゴー！　ゆうきだして
レッツゴー！　いいことあるさ

ほら　わらったら　きもちかるくなる
そうさいしょから　いつもほほえもう
みんないいヤツさ　だからはなしあって
きもちつたわれば　そうさ　わかりあえるさ

レッツゴー！　とびだそう
レッツゴー！　ゆうきだして
レッツゴー！　いいことあるさ
レッツゴー！　ほら　キミも
レッツゴー！　ゆうきだして
レッツゴー！　こんどこそ
レッツゴー！　しんじあおうよ

キミのひとみはもうくもらない
だってみんなはもうなかまだから

こころとじないで　いつもしあわせを
つよくのぞんだら　きっとつかめるさ
みんなふれあって　そしてたすけあって
ひとのかなしみを　わかってあげられれば

ゴー！　ゴー！　ゴー！　レッツゴー！
ゴー！　ゴー！　ゴー！　レッツゴー！
ゴー！　ゴー！　ゴー！　レッツゴー！」

知らない歌なのに、途中から、わたしも、小さな声で歌っていました。「レッツゴー！　とびだそう　レッツゴー！　ゆうきだして　レッツゴー！　いいことあるさ」まことに、そうだ、とわたしは思いました。なにが、「まことに、そうだ」なのかというと、「いいことあるさ」と思うべきなのだ、ということなのですが。

子どもたちは、繰り返し、歌が終わるのを惜しむように、いつまでも「レッツゴー！」をいいつづけた。わたしも、ほんとうに、いつまでも「レッツゴー！　いいことあるさ」と歌うところを見たいと思っていたのでありました。

帰宅したのは、午後1時半頃でした。わたしたちは、よそゆきの恰好を脱ぎ、とりあえずふだん着になると、夕方6時に、東京タワーの近くのホテルで開始予定だった、保育園の謝恩会まで待機することにしました。

　地震が起こった時、わたしは書斎にいました。

「大きいな」と思いました。でも、それは、よくあることです。でも、ふつうじゃない。その次に思ったのは、「ついに来たか」ということでした。そこでようやく、わたしはリビングに向かいました。奥さんとレンちゃんとシンちゃんが呆然と立っていました。

「あなた……大きいわね、これ」

「うーん……けっこう、大きいねえ」

　揺れながら、なんだか、バカみたいな会話をしているなあとわたしは思いました。でも、ほんとうにびっくりすると、そうなのかもしれない。「ああ、これは、絶対、外に逃げなきゃならん」と思ったのは、揺れがおさまりかけた時だったのです。

　だから、すぐ次の大きな揺れが始まった時には、レンちゃんとシンちゃんを連れて、マンションの中庭に逃げました。中庭の端にある大きな木の傍には、隣の隣の隣の部屋に住んでいる俳優のオクダエイジさんがいました。

「タカハシさん、ここなら安心」とオクダさんはいいました。

　その後、やはり揺れる度に、わたしたちは中庭に逃げました。そして、その度に、オクダさんと木の下で落ち合って、世間話なんかをしたのでした。

夕方になって、わたしたちは、とりあえず、また、よそゆきの恰好をして、マンションの外に出てみました。でも、タクシーなんか一台も通りません。ものすごい数の人たちが、ただひたすら道路を歩いているだけです。おまけに、保育園のどのおかあさんのところに携帯をかけても、ぜんぜん通じません。


わたしたち一家は、ものすごく冷たい風が吹く中、道路で立ち往生していました。

「どうしようか」

「どうしましょう」

「歩いてゆく?」

「二時間ぐらいかかるかも」

「うーん」

結局、わたしたちは、Uターンして、家に戻ることにしました。そうそう、忘れていましたが、佐川急便の車だけは走っていましたね。たいしたものだ。

その晩、わたしたちは、テレビの「震災特別報道番組」を見て、いつもより早く、ベッドに入ることにしました。夕食が何だったか、まるで覚えていません。

子どもたちは、すごく興奮しているようでした。「震災ハイ」とでもいうんでしょうか。なかなか寝ないのです。

「わあ、またゆれたよう」とレンちゃんがいいます。

「ゆれたあ」とシンちゃんもいいます。

「気のせいだよ」とわたしがいいます。でも自信はない。もう、なにもかもが揺れっぱなしの感じでした。

わたしたちは、「レッツゴー、いいことあるさ」を歌いながら眠ることにしました。もちろん、大声で歌うわけにはいきません。ベッドの上に寝ている、わたし、レンちゃん、シンちゃんの三人に聞こえるぐらいの、ちっちゃな声で。

歌詞をほとんど覚えていないわたしは「レッツゴー！　とびだそう　レッツゴー！　ゆうきだして　レッツゴー！　こんどこそ　レッツゴー！　いいことあるさ」のところぐらい、シンちゃんはもう少々歌えます。残りの歌詞を歌うのは、レンちゃんの役割でした。

いつ、みんなが眠ってしまったのかは、わかりません。もしかしたら、わたしの方が先に寝たのかもしれない。とにかく、わたしの耳には、レンちゃんの歌う（呟く）声が聞こえていたのでした。

「ひとのかなしみを　わかってあげられれば」か。そうだね、レンちゃんのいうとおり……って、きみが作った歌詞じゃないんだけどね。

時々揺れる、暗い寝室の中で、そんなことを思ったようでした。でも、それは、夢だったのかもしれません。それが、わたしの3月11日でした。

『わたしの3・11――あの日から始まる今日』（毎日新聞社）収録

5月22日（日）［エッセイ］震災の後で⑤——100000年後の安全

『100,000年後の安全』というドキュメンタリー映画を見た。テレビでも、短縮版を放映していたから、見た人は多いのではないかと思う。

原子力発電は、最後に高濃度の放射性廃棄物を産む。そして、それをどのように処分するかは決まっていない。なぜなら、きわめて危険なものだからだ。「最後にどう処分するか決まっていない」ものが産まれるとわかって、何十年も、原子力発電は続けられてきたのだ。よく考えてみると、とても奇妙なことだ。

何十年か後には、科学が進歩して、画期的な処分法が見つかっているに違いない、と勝手に思いこむことにしたのか？

とりあえず、どこかにまとめておけば、その処分法が見つかろうと見つかるまいと、問題になる頃には、自分（たち）は死んでいるから関係ない、と思っていたのか？

そのあたりは定かではない。

　この映画は、フィンランドが自国の原発から出てくる放射性廃棄物を、それが安全な水準になる１０００００年後まで、地底５００メートル、十数億年前からの安定した岩盤の奥深くに埋める、その工事の現場を映し出したものだ。

　フィンランドでは国内を隈なく探し、この古く安定した地層を見つけた。しかし、ほぼ全域が地震帯におおわれた日本では、そんな場所は、どこにもない。

　１００年後、１０００年後、わたしたちが棄てた放射性廃棄物を受けとる未来の人びとは、どんな風に思うだろうか。すでに、彼らには、原発はなく、もちろんその恩恵など受けず、ただ過去からの忌まわしい贈り物に悩まされるだけなのである。

　それからさらに時がたち、１００００年、２００００年と過ぎ、１０００００年がたった時、世界はどうなっているだろうか。

　この映画の面白いところは、その遠い未来について、関係者たちが思いを馳せるところだ。１０００００年後には、人間など存在していないかもしれない。存在しているとしても、ことばなどまったく通じなくなっているかもしれない。途方もなく発達した文明の下に生きているかもしれないし、ネアンデルタール人なみのところにまで後退しているかもしれない。そんなことは誰にもわからないのである。

だから、「ここは危険だ、近づくな」と警告のモニュメントを建てても、なんの意味もわからず、面白がって、廃棄物を掘り出そうとするかもしれない。いちばん望ましいのは、すべてが元の自然に戻り、そこを誰かが訪ねたとしても、かつてその場所が何に使われたか、誰も知らないことなのかもしれない。

100000年後に来る「誰か」に、どんなメッセージを残すべきなのか、少なくとも、ぼくたちの国では、そんな議論があった、とは耳にしたことはない。


『MAMMO・TV』連載「時には背伸びをする」#201

5月26日（木）［論壇時評］原発もテロも広く遠く――非正規の思考

震災と原発事故のニュースを、カリフォルニアで聞いた加藤典洋（①）は「これまでに経験したことのない、未知の」「自責の気持ちも混じっ」た「悲哀の感情」を抱いた。その理由は「大鎌を肩にかけた死に神がお前は関係ない、退け、とばかり私を突きのけ、若い人々、生まれたばかりの幼児、これから生まれ出る人々を追いかけ、走り去っていく。その姿を、もう先の長くない人間個体として、呆然と見送る思いがあった」からだ。

同じような、強い自責に似た思いと感情が、わたしにもある。たとえば原発問題を、心の中では気にかけていたのに、結局、何もしなかった。そして、そのツケは、もっと若い誰かに回されるのだ。

加藤は、今回の件を受け、自分の場所ですべてを根底的に考えることを責務としたい、として、最後にこう書いた。「すべて自分の頭で考える。アマチュアの、下手の横好きに似たやり方だが、いわゆる正規の思想、専門家のやり方をチェックするには、こうしたアマチュアの関心、非正規の思考態度以外にはない」

*

『世界』6月号に驚いた読者も多かったのではないだろうか。「反原発」派の拠点と見なされる同誌に、およそ毛色の合わない、資本主義の権化のような孫正義②や自民党議員の河野太郎③が登場していたからだ。二人は共に、「原子力村」を中心に運営されてきた、秘密と隠蔽に満ちた原子力政策を批判し、それに対抗するものとして自然(再生可能)エネルギーの採用を主張している。それは、原子力発電が危険であるからであるというより、そのコストが決して安くはなく、未来のない産業であるからだ。河野は、さらにネット上の生中継④で、「反原発」に批判的な池田信夫の質問にも答えている。どんな場所へも出向き、諄々とわかりやすく語りつづける河野の、この軽やかさこそが、彼の主張にも増して新しさを感じさせる。

先のネット対談で、「廃棄物は日本海溝の下に埋めるか、シベリアやモンゴルに金で引き取ってもらえば?」という挑発的な質問に対して、河野は、ずっと先の世代を縛るわけにはいかない、それは、経済的合理性の問題ではなく、「文明論に近い」問題なのだ、と答える。

「ずっと先の世代」とは、加藤のいう「これから生まれ出る人々」のことだ。わたしたちが議論の外に置いてきた、まだ存在せぬ人びとを、この問題の大切な関係者として召喚(しょうかん)すること。これもまた、「正規の思想」にはなかったことだ、とわたしは感じるのである。

テーマが切迫したものであればあるほど、逆に、広く、遠く、枠を広げて論じる姿をわたしは見たい。たとえば、目の前にある危機である「原発事故」を「文明論」の中で考えようとする、関曠野(せきひろの)⑤や中沢新一(なかざわしんいち)⑥のように。

関は、原子力は本来ニュートン物理学の枠外に位置しているとする。それは、日常の感覚では理解できない種類の存在であり、それ故、人びとを不安に陥(おとしい)れ続けるのだ。一方、中沢は、「生物の生きる生態圏(せいたいけん)の内部に、太陽圏に属する核反応の過程を『無媒介』のままに持ち込んだ原子力発電は、他のエネルギー利用とは本質的に異なり、我々の生態系の安定を破壊する、とした上で、さらに踏み込んで、本来そこに所属しない「外部」を、我々の生態圏に持ち込む有り様は、一神教と同じとする。「原子力技術は一神教的な技術」であり、「文明の大転換」を試みねばならない、という中沢の主張は、いま、奇異には聞こえない。

＊

「3・11」の大きな影がおおう中、十年前、世界を震撼させた「9・11」の首謀者ビンラディンが米国の手で殺害された。それがもはや大きな話題にならないのは、どうやら日本だけではないようだ。

エジプトの日刊紙『アル・アハラーム』のコラム⑦は、アルカイダの最大の危機は、ビンラディンの殺害によってではなく、アラブ民主革命から来るだろうと書く。テロリズムは、もはや「古い」のである。イスラム世界に仇なすアメリカと真っ向から対決するテロ、という「正規の思想」が認めた構図の終わりを、コラムは冷徹に宣言している。

このコラムの翻訳版は、東京外大の翻訳プロジェクト「日本語で読む中東メディア」で発表された。一連の中東革命の記事で、わたしがもっとも頼りにしたのは、一大学の献身的な努力によって成り立っているこのサイトだった。

もう一つ読んでみよう。パレスチナ人作家カマール・ハラフが英国の独立系アラビア語紙『クドゥス・アラビー』に寄稿した「はっきりと、シリアの体制を支持する」という驚くべきタイトルのコラム⑧だ。自由を求める人びとにシリア政権が無慈悲な弾圧を続けている、と誰もが疑わない中、筆者は、すべての権利を奪われたパレスチナ難民の、人間としての権利を憲法に書き込んでくれたのは、アサド前大統領であった、として、「異なる意見を持つ権利」を自分たちにも認めるよう静かに訴える。真実は一色ではない。「原理主義対アメリカ」が、「正規の思想」が認めてきた対決の構図なら、「若者たちのアラブ民主革命」という美しいイメージも、それを絶対のものと信じるなら、すぐさま、新しい規範になってしまうのかもしれない。決して冷静さを失わないハラフのコラムに、同時に、わたしは、魂の叫びを感じた。そして、これこそが「非正規の思考態度」ではないか、という思いも。

『朝日新聞』5／26・朝刊

①「死に神に突き飛ばされる」（『一冊の本』5月号）②「東日本にソーラーベルト地帯を」（『世界』6月号）
③「エネルギー政策は転換するしかない」（同）④「BLOGOSチャンネル」（http://www.ustream.tv/channel/ld-blogos）
⑤「ヒロシマからフクシマへ」（『現代思想』5月号）⑥「日本の大転換（上）」（『すばる』6月号）
⑦「伝説の終わり」（5月4日付＝日本語版 http://www.el.tufs.ac.jp/prmeis/html/pc/News20110505_103910.html）
⑧5月16日付＝日本語版（http://www.el.tufs.ac.jp/prmeis/html/pc/News20110517_141457.html）
＊ネットからの引用は執筆時点のものです。一定時間後、読めなくなる場合があります。

6月6日（月）［エッセイ］いままで考えずにいたこと

「東日本大震災」の後、震災をめぐるたくさんの論考が現れた。論考だけではなく、さまざまな情報や意見、解説、あるいは、一方的な主張や激しい非難もまた、数えきれないほど現れた。目を通すまいとしても、耳をふさごうとしても、それらは、ぼくたちの目と耳に飛び込んできた。そして、考えなければならないことがある、とぼくは感じてきた。だが、いったい何を考えればいいのか、との思いにもかられた。それから、考えることすら億劫（おっくう）だ、という思いもまた、ぼくの中にあった。

美術家の森村泰昌（もりむらやすまさ）さんとお話しした時、森村さんは、震災に触れ「頑張れニッポン」じゃなく「私が悪うございました」ということが芸術の本分だとおっしゃった。その唐突ともいえる発言に、ぼくは深く共感したのである。しかし、この「共感」の理由を、うまくことばにすることは、ひどく困難だったのだ。

森村さんは、この震災に遭遇した人たち（でも、ぼくや森村さんのように、実際にはほとんど被害に遭わなかった人たち）がやるべきことは（そもそも「べき」などということばを使う「べき」ではない、とも森村さんはおっしゃっていた）、なにより、「謝罪すること」だとおっしゃった。では、誰に、もしくは、何に？　あるいは、どういう理由で、謝罪しなければならないのだろうか。

それ以上、詳しいことを、森村さんはおっしゃらなかった。だから、その「謝罪」の対象は、ぼくが考えたことだ。

今回、被害の中心になったのは、岩手・宮城・福島といった東北、東日本の太平洋岸だった。いずれも急激な人口減少や過疎化や高齢化に悩む地帯をその中に含んでいる。人口減少も過疎化も高齢化も、それらに伴う産業基盤の脆弱化も、自ずとそうなったのではない。東京を中心とするこの国の形がそれを促したのである。原子力発電所を喜んで受け入れる場所はない。だから、他にめぼしい産業のない貧しい場所が、「持参金」と引換えに、その場所を提供する。それは、中央に住むぼくたちの知らないところだ。そのようにして得られた電気で、ぼくたちは、「近代的」な生活をおくる。そして、それを支えるために、何が行われているかを知らないのである。

ひとたび、何かが起こるまで、知らないことはたくさんある。この世界には、おそらく、数えきれぬほどの「問題」があって、ぼくたちは、そのすべてを知るはずもない。だからこそ、安寧に暮らせるのかもしれない。あるかもしれないすべての苦難に心を痛めていては生きてはいけない。人間は、そのような存在ではない（もちろん、そのような存在であるとする立場もあることは承知している）。

しかし、何かが起こって、隠されていたものが顕れた時、ぼくたちは、それを無視することができなくなる。

たとえば、九州不知火海の魚を食べた人たちが異様な症状を呈し、やがてそれが「水俣病」という名で呼ばれるようになった時、ぼくたちは、一つの会社の営利目的の行いが、古くから続いてきた地方の共同体と人びとの暮らしを、粉々に砕いたことを知った。ぼくたちは、その事実を知らなかった。その会社が生産してきたものが、ぼくたちの生活を支える、重要な部分であることも。

ぼくたちは、その会社や、その会社の行いを放置してきた国を、非難することができる。しかし、非難しようとした時、居心地の悪さを感じる。それは、その「公害病」の発生に、ぼくたちが完全に無縁であるといえないからだ。この国は（あるいは、この世界は）、一つに繋がっている、いや、一つに無理矢理繋げられているからである。

そして、2011年3月11日がやって来た。その日がなければ、考えることもなかったことを考える日々が始まったのである。

たとえば、こんなことを、ぼくは考えた。

いまもっとも喧しいのは、「原発」をめぐる問題だろう。長い間続いた、「原発推進」派と「反原発」派の争いは、福島原発で巨大事故が発生しても、決着はつかない。いや、以前よりも、激しく争っているようにも見える。「経済的発展」を採るのか、「安全な生活」を採るのか、あるいは、ほんとうの意味での「危険」とは何なのか、「科学的」ということばの意味は何なのか、それらの問題について、納得のゆく回答は、どこからも与えられてはいない。だが、考えるべきことは、それなのだろうか。

ぼくは、この問題について、「招かれていない当事者」のことを想像するのである。「原発」は、未解決の問題を、未来に先送りする。それは、いまだに、最終処分が決まっていない「放射性廃棄物」だ。数百年もの間（あるいはもっと）、危険な状態が続く「廃棄物」の影響を受けるのは、いまここに存在しない、未来の子どもたちなのである。

ここでもまた、ぼくたちは、「知らない」といいはることができる。ぼくたちは、「過去」も「現在」も知ることはできるけれど、まだ起こってもいない「未来」のことは知りようがないのだ、と。
彼らこそ、いまだ存在していない者こそ、この世界でもっとも弱い存在であるだろう。強者たちが作り上げた世界が、どんなものであったか、どんなものでありうるかを、ぼくたちは知っている。そうではない世界を想像するために、何が必要であるかを、ぼくは考えたいのだ。

『kotoba』二〇一一年夏号

6月12日（日）［書評］人のかけがえのなさ教える育児――堀江敏幸『なずな』

主人公の「私」は、海のない小さな地方都市の、小さな新聞社でコラムを書いている、中年（というには少し若い）の独身男性だ。その「私」は、ひょんなことから、弟夫婦の、生まれたばかりの、女の子の赤ん坊の世話をすることになる。その子の名前が「なずな」だ。弟夫婦ばかりでなく、それぞれの家族にも、いくつもの、複雑な事情があり、おそらく、「私」にも、同じような事情があるだろう。だが、とにかく、赤ん坊は突然やって来たのである。「私」は、とまどいながら、「なずな」を育て始める。この小説は、その数カ月を描いた物語だ。

堀江敏幸さんが、いま風にいうなら「イクメン」小説を書いたことに、ぼくは、正直、驚いた。けれど、この小説を読んで、また別の意味で驚くことになった。ここに書かれた、豊穣にして、精妙な、人間関係は、堀江さんがずっと追い求めてきたものだからだ。この小説の中で、特別な事件は起こらない。ただ、日常が続くだけである。けれども、その日常は、決して単調ではない。なぜなら、「なずな」は、日々、成長するからだ。

「なずな」の登場以前の「私」の生活は、おそらく単調であったろう。内側でどのような嵐が吹きすさぼうと、少なくとも外面は静穏(せいおん)であることを、「私」は望んでいたからだ。けれど、「なずな」は、そのような「私」の生活を変える。「なずな」が変えるのは、「私」の生活だけではない。「私」を取り囲む、その小さな街の、小さな共同体の人たちの関係を、彼らの小さな物語にも変化を及ぼす。

それはなぜなのか。「私」はこう考える。「人は、親になると同時に、『ぼく』や『わたし』より先に、子どもが『いること』を基準に世界を眺めるようになるのではないか。この子が、ここにいるとき、ほかのどんな子も、かさなって、いることは、できない。そしてそれは、ほかの子を排除するのではなく、同時にすべての『この子』を受け入れることでもある」。ひとりひとりの人間の「かけがえのなさ」を教えるために、子どもはやって来るのだ。すべての善きものが、そうであるように。

『日本経済新聞』6／12・読書面

6月16日（木）［評論］連載「ぼくらの文章教室」特別篇・第6回　冒頭

9　非常時のことば

ことばを失う

前回の連載の後で、とても大きな事件が起こった。ぼくたちの国を巨大な地震と津波が襲った。東日本のたくさんの町並みが、港が、津波にさらわれ、原子力発電所が壊れた。たくさんの人たちが亡くなり、行方不明になり、壊れた原子力発電所から、膨大な量の放射性物質が漏れ出した。

災害の規模は桁外れに巨大だった。六十六年前に終わった戦争以来、もっとも大きな災いが起こったのだ。そして、人びとは、同時にことばを失ったように、ぼくには思える。

いや、正確にいうなら、この六十六年の間で、いまは、もっともたくさん、ことばが産みだされているのかもしれない。少なくとも、同じテーマについて、これほどまでにたくさんの、たくさんのことばが産みだされた経験は、ぼくたちにはない。それにもかかわらず、ぼくたちの多くは、「ことばを失った」と感じているのである。

「ことばを失う」のは、あることにぴったりすることばがわからなくなる、ということだ。なにかをしゃべろうと思う。あるいは、なにかについて書こうと思う。でも、うまく、しゃべれない。うまく、書けない。そういう時、人は、絶句する。筆が止まる。キイボードの前で両手が固まる。

でも、あなたたちだって、「絶句」ぐらいは、したことがあるだろう。

突然、頭の中が「真っ白」になって、なにも、ことばが出て来なくなる。これは、たぶん一時的なことだ。パニックがおさまれば、またすぐに、ことばは出て来るようになる。けれど、時々、ぼくは、こんなことを考える。

あの、頭の中が「真っ白」になって、なにもことばが考えられない時のことを、大切にするべきではないだろうか。

そもそも、「すぐにことばが出る」というのは、異様な状態ではないのか。

ぼくたちは、頭の中ですでに考えていたことを、まるで、さもいま思いついたかのようにしゃべる。

その時（うまくしゃべれている時）、頭の中は、どうなっているのだろう。

ことばとことばが、どんどんつながってゆく時がある。自分でも、思いもつかぬような「冴（さ）えた」ことばが、口から飛び出して、得意な気になることがある。

でも、よく考えてみると、それは、ほんとうに自分で「考えた」結果なのだろうか。いや、そもそも、こういう時、「考える」とは、どういうことなのだろうか。

（以下、続く）

『小説トリッパー』二〇一一年夏季号

6月20日（月）［エッセイ］知ってるつもり

誰でも「知ってるつもり」のことはあって、ぼくにも、たくさんある。「憲法9条」のこと、「国旗」や「国歌」のこと、といった政治的な問題から、つい最近の「原発」や「放射能」問題まで、あるいは、もっとずっと、日常的なことまで（たとえば、コレステロールをとりすぎると高血圧になるとか……ってのも、実は違うらしいが）、「知ってるつもり」のことはたくさんある。

それは単に「つもり」であって、ほんとうによく知ってるのかというと、そんなことはありません。少し詳しく突っ込まれると、あたふたとなる。うろ覚えのことばかりが、多い。でも、「知ってるつもり」でいられるのは、みんながそうだからだ。ぼくは、『ふしぎなキリスト教』（橋爪大三郎×大澤真幸）という本を読んで、痛切にそう思いました。

『ふしぎなキリスト教』は、簡単にいうと、「キリスト教について初歩から教えてくれる本」だ。キリスト教のことがわからないと、わからないことは、実はたくさんある。ヨーロッパ（やアメリカ）の文学や芸術（ばかりではない）は、キリスト教抜きではさっぱりわからない。でも、ぼくたちは（少なくとも、ぼくは）、キリスト教を「知ってるつもり」で、なんとかやりすごしてきた。

もちろん、キリスト教のことは知りたかった。『聖書』も読んでみた（途中まで）。でも、うまくいかなかった。きちんと初歩から教えてくれる本（もしくは、人）がいなかったからだ。この『ふしぎなキリスト教』みたいな本が、ずっと前にあったら、ほんとに良かったのに！　ほんとに、そう思いましたよ。

たとえば、キリスト教と、親戚みたいなユダヤ教、その違いは、どこにあるか知ってますか？　ぼくは、知りませんでした。

でも、この本には、あっさり書いてある。「ほとんど、同じ」。ただし、「たったひとつだけ違う点があるすると、イエス・キリストがいるかどうか」だけなのだ、と。

なぜか。ユダヤ教もキリスト教も、実は『旧約聖書』は、同じように聖典にしている。『旧約聖書』は、預言者のことばを書いたもの。預言者は、神のことばを、人間に伝える役の人です。ところが、『新約聖書』で、イエス・キリストが出現しちゃった。イエス・

キリストは「神の子」だから、いちいち「神のことば」を伝える必要がない。イエス・キリストのことばは、そのまま「神のことば」になっちゃったから、です。一方、ユダヤ教は、『旧約聖書』までしか必要ない。そこが違う。以上。

わかりやすいでしょう。ぼくも、びっくりしましたよ。

ついでにもう一つ。

キリスト教のような「一神教」と、「多神教」と、どこが違うか。「一神教」では、すべての出来事の背後に責任者が「ひとり」いる。それが「一神教」の神さま。それに対して、「多神教」では、さまざまの出来事の背後に、それぞれの神さまがいる。だから、全体としては、責任をとれる「神さま」がいない。そういうものだそうです。

それから、仏教。仏教にも、神さまが出てくるけどわき役。自然現象は、神さまとは無関係に「法則」で動いている。ブッダですら、その法則に指一本触れない。それを「受け入れる」＝「悟る」しかない、ってことです。

儒教も、背後にあるのは自然法則。神々はほとんど無視されている。

というわけで、「一神教」だけが、世界の中心にいる、たったひとりの「神さま」と「対話」ができる。できるけれども、その「神さま」は、ぜんぜん、人間の思う通りにならない……。

なるほどねえ。これから先のことは、自分で本を読んで、勉強してください。

『MAMMO・TV』連載「時には背伸びをする」#203

6月30日（木）［論壇時評］真実見つめ上を向こう――原発と社会構造

20歳だった頃、ぼくは、ある大手自動車工場の季節労働者として働いていた。同じような仕事をしていても正社員とは大きな差をつけられていた。ある時、不思議な社員がひとり混じっていることに気づいた。彼は正社員なのに、ぼくたち季節労働者のように無視されていた。やがて、彼がかつての「左派（さは）」の組合の生き残りで、会社との共存を目指すいまの組合から徹底して疎（うと）んじられていることを知った。夜明け近く、夜勤が終わろうとした時、停止中のベルトコンベヤーの横で、彼と話したことがあった。

「なんだか、この職場、暗いですね」

「労働運動がなくなったからね」

「……労働運動って、何ですか？」

ぼくがそう訊（たず）ねると、彼は、数秒押し黙り、こう答えた。

「みんなで上を向くことかな」

ぼくは9カ月働いたが、結局、彼に話しかける社員は一人もいなかったのだ。

原発事故の当事者である「電力総連」から、なぜか、この事故についてのはっきりしたメッセージは出ない。その疑問に答えるように、木下武男（きのしたたけお）は原発事故の原因の一つが労働組合だと書いた（①）。「労使癒着（ろうしゆちゃく）」によって「チェック機能の完全喪失」が生じたのである。木下は、戦後の労働運動の歴史を振り返る。1950年代に起きた民間大企業の争議で、産業別労働組合を中心にした労働運動側は敗れた。その結果、「労働者は企業ごとに横に分断され、つぎは、この閉ざされた空間のなかに、縦へ上昇する『競争』システムが組み込まれることになった」。「労働者」は「カイシャイン」になったのである。この「企業主義的統合」は、やがて新しい「格差」を産む。正社員は中間層として、下請け労働者を管理する存在となる。木下は、東電のある社員の「ラドウェイ作業（廃棄物処理）は、被ばく量が多いので請負化してほしい」ということばに、「企業的統合」の行き着く先を見ている。

*

その請負労働（被曝労働）の中身を見つめたのが今野晴貴だ（②）。「現代労働問題の縮図としての原発」というタイトルに、論考の意味は圧縮されている。

原発は、様々な「被曝労働」を必要としている。その中でももっとも危険なものの一つは、定期点検中の清掃作業で、それを担当する下請け作業員は「農村や都市スラムから動員される」のだ。そして、彼らの姿は、「電力の消費地帯としての東京」からは見えないのである。

木下や今野が、原発と労働の関係に焦点を当てたとするなら、開沼博は原発と地域社会の関係に注目する。なぜ、原発は「福島」にあるのか。その謎を徹底的に追及したのが、『「フクシマ」論　原子力ムラはなぜ生まれたのか』だ（③）。まだ20代の、福島県出身の大学院生の修士論文が一躍脚光を浴びることになったのは、僕たちがもっとも知りたかったことが書かれているからだ。福島に原発が到来した理由を調べることは、「原子力」を鏡として、戦後そのものを、あるいは、近代１４０年の歴史を見つめ直す試みでもあった。3月11日の直前に完成した、この長大な論考は、その日を予期したかのような発見に満ちている。

著者がいう「原子力ムラ」は、いわゆる、中央の、原子力を囲む閉鎖的な官・産・学問の共同体のことではない。福島のような、原発と共に生きることを選んだ地方の「ムラ」のことだ。

「成長は中央にとってのものであり、ムラにとってのものではなかった」。その中で「原発誘致」が始まる。「福島第一原発建設計画は『東北のチベット』と自称しながら困窮に悶（もだ）えるムラの発展をかなえる『夢』」として提示された。確かに原発は一時の繁栄を「ムラ」に与えた。だが、結局は、「ムラ」を「原発依存症」にしただけではなかったか。気づいた時には、もう他の選択肢はなかった。ぼくたちに、そんな「原子力ムラ」のほんとうの姿は見えなかったのだ。

*

『週刊東洋経済』が「身を守る科学知識」を特集し④、『宣伝会議』に科学技術の専門家への疑問に関する論考が掲載される⑤。いま、多くの雑誌はその「専門」の枠を超え、必要な知識を探ろうとしているように見える。

『科学』で、鷲田清一（わしだきよかず）は、原発事故は、ぼくたちが「見えない」ものに囲まれていることを明らかにした、と書いた⑥。「原子力の世界」の内幕が「見えない」、「原子力工学の研究者」の考え方が「見えない」。多くのものが「見えない」ままだ。だが、「見えているのに見てこなかった」ものはさらに多いのではないか、と筆者は付け加える。

木下や今野はぼくたちが「見てこなかった」労働者を白日の下にさらし、開沼は「見てこなかった」ムラを提出する。ぼくたちひとりでは「見えない」ものも、専門家は見せてくれることができる。だが、専門家が見つけたものにはそれを「見よう」という強い意志を持つ、ぼくたちのような素人が必要なのだ。

最後に、ネット上で話題を呼んだ動画（宮崎駿の菅首相へのメッセージ⑦、反原発デモの集会での歴史社会学者・小熊英二の挨拶⑧）とツイッター（作家・矢作俊彦の「鼻をつまんで菅を支持する」⑨）にも触れておきたい。それらのことばは、一見、関係ないようでいて、彼らの「専門」との深い関連を感じさせる。共通しているのは、忘れられていた「みんなで上（未来）を向こう」という思いではなかったか。

①「東電の暴走と企業主義的統合」（『POSSE』11号）
②今野晴貴（同前）
③開沼博（青土社）
④6月18日号

⑤6月1日号
⑥「見えないもの、そして見えているのにだれも見ていないもの」（『科学』7月号）
⑦http://www.youtube.com/watch?v=fOrIuDBaivI
⑧http://www.youtube.com/watch?v=Ki2KI9pmXto
⑨http://togetter.com/li/153442
＊ネットからの引用は執筆時点のものです。一定時間後、読めなくなる場合があります。

『朝日新聞』6／30・朝刊

7月9日（土）［エッセイ］「節電」の行方

小学校一年生になった長男が「節電シート」というものを学校からもらってきた。正確にいうと、東京都からの2種類の紙（そのうち1枚が「『がんばろう日本』節電アクション月間チェックシート（小学生用）」というもの）、それから経済産業省からの2種類の紙（そのうち1枚が「なつやすみ　せつでん　チャレンジシート」というもの）だ。要するに、電力が不足しそうだから、みんなで「節電」をするように、というお願い（命令？）であり、それはまあいいとして（よくないけど）、それを小学生の夏休みの宿題というか課題にしようというのである。細かいチェックポイント（冷蔵庫を開けないようにするとか、エアコンの設定温度を高くするとか、電気をマメに消すとか）があり、それを「がんばれた」「まあまあがんばれた」「もう少しだった」と自己評価しろということらしい。もちろん、小学校1年生が自分でやるのは難しいので、親がやらなきゃならない。というか、家庭生活を国や都が管理しよう、というのである。このことに関しては、はっきりいって、「大きなお世話だ」とひとことといえばよろしい。どんな生活をしようが、こちらの勝手なのだ。それぞれの家庭にそれぞれの事情があり、一律の「節電」なんか意味がない。それなのに、子どもを通じて、命令しようというところが、ほんとにセコい。もう一つ、この4種類の紙には、この電力不足がなぜ起こったかについての説明はほとんどないのである。だいたい、パンフレットを配っている経済産業省が、この電力不足の元凶の一つであることは、誰だって知っている。ならば、「おわび」から始めるのが、礼儀というものだと思うが、そんなことはひとことも書いてはいない。あの人たちは、悪いと思っていないのである。

さて、「節電シート」については、悪い冗談の一つだと思えばいい。しかし、このシートを見ていると、考えさせることが、いくつかある。だいたい、我が家では、今回の震災の前から、このシートのような「甘ったるい節電」はしていない。エアコンは基本的につけない。夏は暑い。暑かったら、シャワーを浴びる。まあ、それで「水を使いすぎる」といわれたら、どうしたらいいかぼくにもわからないが。それから、窓を開け、ドアを開け、部屋の中に風を通す。それが健康にいちばんいい。寝るときは、扇風機と、団扇(うちわ)！　子どもたちも、喜んでいるし。そんなことをしているうちに、「節電」しなけりゃならない、からではなく、電気を使わない生活も悪くない、と思うようになった。最近、そういう人も増えているのである。

昔の家の中は、いまよりずっと暗かった。部屋の天井に100ワットの電球が一個。それだけ。トイレの中なんか、ほんと暗かった。くみ取り式トイレだから、見えない方が精神衛生上もよかったのだ。

ジブリの宮﨑駿監督はエアコンも携帯もパソコンも使わない。仕事場にあるのは薪(まき)ストーヴ。それは、宮﨑監督が好んで描く、昭和三十年代の情景の中と同じだ。あの頃は、電気をいまよりずっと使わなかった。少々不便だったかもしれないが、人間の感覚は遥かに鋭かった。なんでも電気に頼ることで、人間の(自然を感知する)能力はすっかり衰えたのかもしれない。だとするなら、この「節電」騒動は、もともとの原因はともかく、暮らし方をもう一度考えてみる、いい機会なのかもしれませんね。

『MAMMO・TV』連載「時には背伸びをする」#204

7月28日（木）
［論壇時評］スローな民主主義にしてくれ——情報公開と対話

『100,000年後の安全』①は、フィンランドの、地下500メートルに建設される放射性廃棄物の最終処分場についてのドキュメンタリー映画だ。カメラは、施設最奥にまで入りこみ、監督は、建設に関わる人びとにインタビューする。ほんとうに安全なのか。未来の人びとに、どう警告するつもりなのか。鋭い質問に、関係者たちは、時に絶句し、考えこむ。そして、彼らは最後に、「自分のことば」で答えようとする。

その応答を見て、観客は、質問する者と回答する者がいわゆる「反原発」派と「原発推進」派であることを忘れる。なぜなら、双方に、会話を成り立たせようという強い意志が感じられるからだ。製作者の意図とは異なるかもしれないが、徹底した「情報公開と透明性」を貫く、フィンランドという国の民主主義のあり方の方に、ぼくは強い印象を受けた。

日本と同様、国策として原発を推進するフランス国家を代表してジャック・アタリは

「一〇〇%の透明性ですべてを公表せよ」と発言している(②)。

「民主主義国家でなければ、いかなる国でも原子力エネルギーを使うべきではないと思います。私からみれば、民主主義は原子力エネルギーを使う必須条件です。原子力エネルギーは透明性を意味するからで、透明性がなければ民主主義国家ではありません」というアタリのことばが正しいなら、日本は民主主義国家ではなく、原子力エネルギーを使う権利も能力ももたないことになる(いったん事故を起こすと制御不能な原発は、民主主義の下では不可能、という考え方もあるが)。だとするなら、日下公人の「『町営原発(株)』設立のすゝめ」(③)も夢想ではなく、情報公開と透明性を拒み続ける政府や電力会社に、もはや原子力を託することはできないという憤りの発露として読むことができる。

＊

震災と原発事故は、この国の民主主義の重大な欠陥を炙りだした。では、どうすればいいのか。

丸山仁は「ポスト3・11のキーワード」として「スローライフの政治(学)」を提唱している(④)。「投票」中心の議会制民主主義は、結局、いくらでもスピードアップ可能な

「ファスト民主主義」に行き着く。しかし、「私たちの意見は、熟慮を介して、また他者との真摯な討議を通じて、はじめて確固たるものに成長する」。だから、必要なのは「熟議民主主義（スローな民主主義）」だ、と丸山はいう。原子力発電の行方のような、ぼくたちの運命に直接関わる事柄を、一握りの「原子力ムラ」の住人に委ねず、「シビリアン・コントロール」体制を構築すること。そのための、政治的立場を超えた「対話」を、丸山は「スローな民主主義」と呼ぶのである。

日本原子力学会といえば、国・電力会社とならぶ「原子力ムラ」の有力メンバーだ。その学会誌『アトモス』を読んだ。そして、いい意味でぼくの予想は裏切られた。6月号で原子力業界のコミュニケーション不足を厳しく批判した小出重幸⑤、同号で「自分と同質の意見を持つ集団の中でのみ意見交換をする心地よさに安住してはなるまい」と学会の内向きな性格を指摘した北村正晴⑥、7月号で原子力発電への根本的な疑問を提示した長谷川眞理子⑦。内部と外部からの、厳しい意見を続けて掲載した誌面からは、誠実さが伝わってきたからだ。

学会のホームページで読むことができる「原子力学会倫理規程」⑧は、科学技術、とりわけ原子力のような巨大な災禍を引き起こすかもしれない技術にたずさわる者の倫理を記して、強い説得力を持つ。けれど、ぼくがもっとも感心したのは、制定する過程で寄せられたいくつもの疑問、特に、立場を異にする者への真摯な応答だった。「反原発」の意見を持つ者は入会してはいけないのか、という問いに、制定委員会は「代替策を明示し、現在の原子力利用をどうしていくのかを示す」「努力をする者は会員の資格を有する」と答えている⑨。つまり、立場を超えて「対話」する必要がある、と。もちろん、それは学会の総意ではないのかもしれない。だが、「対話」を欲する層は確実に存在している。

原発問題がどのような形で収拾されようと、これから、ぼくたちには、長い「廃炉」への旅が、科学技術の「敗戦処理」の長い道が、待っている。そこでは、「推進派」の彼らの技術が必要なのだ。『アトモス』誌上で、「原子力ムラ」と「反（脱）原発」派との実り豊かな対話が始まる時、ぼくたちは、この国に「スローな民主主義」が生まれる可能性を見ることになるのかもしれない。

＊

最後に、今月もっとも面白かった、『現代思想』の「特集　海賊（かいぞく）　洋上のユートピア」について触れておきたい。

ベネディクト・アンダーソンは、もともと「主に、ヨーロッパがアメリカ大陸から奪い取ってきた金・銀などの鉱産物を運ぶ船」を襲い、奴隷（どれい）貿易に無縁だった海賊の本質を「国家の敵・国民の友」と簡明に示している⑩。それは、ウィキリークスのような、国家が隠している情報をその国民に暴露するインターネット上の「海賊」たちも変わらないのだ、と。彼ら「現代の海賊」たちは犯罪者なのか、それとも、国家の枠を超えた「新しい民主主義」の実践者なのか。それは、いまこそ考えるに値する問題だ、とぼくには思えた。

『朝日新聞』7／28・朝刊

①マイケル・マドセン監督（2009年） ②「フクシマ問題は〝原子力の危機〟にあらず」（『Voice』8月号）
③『Voice』8月号 ④「今何故『スローライフの政治（学）』か」（『現代の理論』夏号）
⑤「福島第一原発事故とコミュニケーション」（『アトモス』6月号） ⑥「福島第一事故からの『学び』」（同前）
⑦「文明の先を見据える」（『アトモス』7月号） ⑧http://www.aesj-ethics.org/02_/02_02_/
⑨http://www.aesj-ethics.org/document/pdf/qanda/QandA0106.pdf ⑩「国家の見えざる敵」（『現代思想』7月号）
＊ネットからの引用は執筆時点のものです。一定時間後、読めなくなる場合があります。

8月25日（木）［論壇時評］伝えたいこと、ありますか――柔らかさの秘密

まいりました。「なにが？」って、スタジオジブリの小冊子「熱風」①の表紙に（中身じゃなくてすいません）。

ジブリのある東小金井の路上で、作業用のエプロンを着た宮崎駿御大が、「ＮＯ！　原発」のプラカードを首からぶら下げ、ひとりでデモをしている。その後ろを、傘を持った女性と右手に「Ｓｔｏｐ」のプラカード・左手で犬を引いた男性が、付き従うように歩いている。デモというより、散歩みたい。というか、どう見ても、黄門様と助さん格さん（もしくは、大トトロと中トトロ・小トトロ）だ。自転車に乗り、たまたますれ違った男性が、「えっえっ？　変なオジサンかと思ったらミヤザキハヤオじゃん！」という表情を浮かべている。すごく面白い。けれど、ただ面白いだけじゃない。

この面白さは、この写真が醸（かも）しだす「柔らかさ」から来ている、とぼくは思った。「柔

らかさ」があるとは、いろんな意味にとれるということだ。ぼくたちは、このたった一枚の写真から、「反原発」への強い意志も、そういう姿勢は孤独に見えるよという意味も、どんなメッセージも日常から離れてはいけないよという示唆も、でも社会的メッセージを出すって客観的に見ると滑稽だよねという溜め息も、同時に感じることができる。

なぜ、そんなことをしたのか。それは、どうしてもあることを伝えたいと考えたからだ。そして、なにかを伝えようとするなら、ただ、いいたいことをいうだけでは、ダメなんだ。それを伝えたい相手に、そのことを徹底して考えてもらえる空間をも届けなければならない。それが「柔らかさ」の秘密なのである。

*

というわけで、「熱風」の表紙を見た後で、後継首相レースへの出馬宣言をしたノダさん・マブチさん、カンさんと対立して涙を流したカイエダさんが、それぞれの政策について書いたり語ったりするのを読むと、ほんとにガクっとくる(②)。ぜんぜん面白くない。それに、表現はバラバラだけど中身はそっくりだ。

事故があった以上原発推進政策は困難だが、経済のことを考えると性急な廃止は無理。

財政状態が厳しいので増税は必要だが、いますぐは無理。その他もろもろ。一言で言うなら「現実主義」だ。だが、彼らの「現実主義」は、いまある制度の存続を前提にしてものを考えるということだ。この半年、この国で起こったことから、なにも学ばなかったのだろうか。彼らには、いいたいこと、国民に伝えたいメッセージなどないのかもしれない。ほんとに伝えたいことがあったら、もっと工夫するはずだよね。

ところで。かねがね不思議に思っているんだけど、次の首相を目指す政治家は、『文藝春秋』に政策とか構想を発表しなきゃいけないんだろうか。理由はわからないが、それが「現実主義」的行いだということはなんとなくわかる。

そして、ノダさん・マブチさん・カイエダさんと同じ誌面で「芥川賞発表」が行われているのを見ると、作家としては、とてもビミョーな気分になってしまう。「こういうのが由緒正しい『制度』だよ」っていわれてるみたいだから。

『神奈川大学評論』の「ジャスミン革命（中東革命）」の特集で、詩が三つ紹介されている⑶。ぼくは、これらの詩と解題を読み、複雑な感慨を抱いた。どれも「タハリール広場からの詩」と呼ぶべき作品で、革命の象徴ともなった広場での戦いを直接に歌っている。驚くのは、これらの詩が「いずれもテレビで発表され、その画像がユーチューブで公開されたり、ブログに転載されたりしたことで、多数の視聴者を得」たことだ。
たぶん、世界中でそうであるように、アラブでも、詩は長い間果たしてきた社会的役割を、失いつつあった。しかし、動乱の中で、詩のことばが復活する。翻訳と解題を担当した山本薫は、これらの詩が人びとの心を摑んだのは、「社会のあらゆる面で腐敗や偽善が横行していたために、言葉への信頼が失われていたエジプトで」「信頼に足る言葉が切に求められてい」たからだとしている。だとするなら、これは、ぼくたちの国と無縁なことはとても思えない。

福島在住の詩人和合亮一がツイッター上で、震災を直接歌った詩を発信して大きな反響を呼び④、作家の川上弘美が雑誌『群像』上で、自作をリメークして原発事故の恐ろしさについて書き⑤、萩尾望都⑥やしりあがり寿⑦が、やはり震災や原発を、マンガで愚直なほどストレートに描いた。共通しているのは、詩や小説やマンガとしての完成度が最初から無視されていたことだ。彼らには「いいたいこと」があった。そのために、「制度」となった詩や小説やマンガとぶつからざるを得なかった。そんな風に、ぼくには見えた。それは、おそらく「表現」の分野だけの問題ではないはずなのだ。

＊

最後に、中国鉄道事故に関して、日本人の感受性の乏しさを論じた藤原帰一のコラム⑧に触れたい。「日本では起こらない事故だという満足感は見られても、人命を軽視する高速鉄道による痛ましい事故を、自分に降りかかった災難と同じように悼む態度」がこの国ではほとんど見られない、と藤原は書く。その底流には根深い中国（だけではない）への蔑視・敵視の感情がある。ぼくたちの国の底で渦巻く禍々しいもの、それについてはいずれ触れたいと思っている。

①『熱風』８月号
②野田佳彦「わが政権構想」、馬淵澄夫「代表選　一匹狼の挑戦状」、海江田万里「覚悟の手記」（『文藝春秋』９月号）
③「広場ミーダーン」「名もなき者」「タハリール広場からの断面」（『神奈川大学評論』第69号）
④単行本として『詩の礫（つぶて）』（徳間書店）など
⑤『神様　２０１１』（講談社）　⑥「なのはな」（『月刊フラワーズ』８月号）
⑦『あの日からのマンガ』（エンターブレイン）
⑧「鉄道事故で顕在化した日本人の乏しい感受性」（『週刊東洋経済』８月13・20日合併特大号）

『朝日新聞』８／25・朝刊

9月4日（日）

［エッセイ］相田みつをが悪いんじゃないのだが

とうとう、菅首相が辞め、新しく、野田という人が首相になった。増税論者であるとか、民主党代表戦の時には、原発についてほとんどしゃべらなかったとか、「党内融和(ゆうわ)」が第一みたいでそれでいいのかとか、突っ込みどころはたくさんあるけれど、とにかく、この国の首相になったということは、「我々の」首相ということだ。きっちり、がっちり、働いてもらいたいと思う。少しでも、この国を良い方向に持っていってもらおうじゃありませんか……という前提で書いておきたいことがある。

野田さんは、自分を「どじょう」（「どぜう」かも）であると自称しているらしい。そして、その出典はというと、一世(いっせい)を風靡(ふうび)した書家で詩人（？）でもある「相田(あいだ)みつを」のことばなのだ。ちなみに、こういうものだそうです。

「どじょうがさ　金魚のまねすることねんだよなあ」

要するに、泥くさいどじょうは、派手な見かけの金魚の真似なんかしないで、どじょうらしく生きていきなさい、ということのようだ。「相田みつを」という人は、こういう、人世訓のような短詩をたくさん作り、それから、自分で紙の上に書いた。それらを集めた詩集はものすごく売れたし、カレンダーにもなって、家のあちこちに置かれた。もしかしたら、日本最大の詩人というのは、「相田みつを」なのかもしれない。

ちょっと、「相田みつを」の他の「詩」というか「名言」を、いくつか並べてみよう。

「つまずいたっていいじゃないか人間だもの」（これは有名）

「しあわせはいつもじぶんのこころがきめる」

「トマトにねぇ　いくら肥料をやったってさ　メロンにはならねんだなあ」（さっきの「金魚」とほぼ同じ）

「どのような道を　どのように歩くとも　いのちいっぱいに　生きればいいぞ」

「ビリがいるから1位がいる」

「やれなかった　やらなかった　どっちかな」

「夢はでっかく根をふかく」

「歩くから道になる　歩かなければ草が生える」

確かに、こういうものを「詩」として書いた人は、たぶんほとんどいなかったんじゃないかと思う。間違ってるわけじゃない。というか、間違えようのない正しいことばかりだ。じゃあ、どうして、他の人が、こういう「詩」を書かなかったかというと、恥ずかしいからじゃないかと思う。いま即興で作ってみよう。

「人はいつか死ぬ　だから一生けんめい生きよう」

うわっ、これでは、「相田みつを」の方がずっとましだ。でも、まあ、こんな感じである。その通りだけれど、その通りのことを面と向かっていうのも、それを聞くのも、なんだかとっても恥ずかしい。

「相田みつを」のすごいところは、「恥ずかしい」という感覚がないことじゃないか。そんな風に、ぼくは思う。そして、その「恥ずかしい」がない点、悪く言うと、「臆面(おくめん)のなさ」に、けっこう人は魅(ひ)かれるのである。

でも、日本の首相が、「恥ずかしい」という感情がない「詩」が大好き、というのはどうなんだろう。そもそも、日本の政治家には「恥ずかしい」という感情がないんだろうか。謎は深まるばかりである。

『MAMMO・TV』連載「時には背伸びをする」#205

9月15日（木）［エッセイ］ノダさんの文章　冒頭

少し前までは、何人かの（日本の）政治家たちの文章をとりあげ、その特徴について書こうと思っていた。それから、少したち、菅首相が退陣しそうになり、それに合わせて、民主党の代表選挙が行われることになって、そこへの出馬を目指す（ということは、日本の首相を目指す）政治家たちが書いた文章をとりあげようと思った。そうこうするうちに、ノダさんが首相になってしまった。さて、どうするか。もちろん、ノダさんの文章をとりあげるしかない。けれど、一つ、考えなくちゃならないことがある。

世界の政治家には文章（や演説）のうまい人がたくさんいる。毛沢東、レーニン、トロツキー、チェ・ゲバラ……あっ、この人たちは、政治家というより革命家か。革命家は、現状に飽き足りない人たちの心をかき乱して（煽動して）、強引に、自分の方へ連れてくるのが仕事だ。文章（や演説）がうまくなきゃ話にならない。だから、彼らの書くものを

「政治家の文章」というカテゴリーに入れるのは、ちょっと違うかもしれない。

一方、昔から、古今東西、「文人政治家」といわれた人たちはたくさんいる……といっても、うろ覚えだけど。キケロやダンテ、菅原道真に石橋湛山、『第二次大戦回顧録』でノーベル文学賞をとったチャーチルさん。それから、最近では、ものすごく上手な演説（並びに文章）でも有名になったバラク・オバマさん。きわめつけは、元々文人（劇作家）で、反政府活動で獄中生活をおくった後、ついに大統領の地位にまで上り詰めたヴァーツラフ・ハヴェルさん。こういった人たちの文章（や演説）を引用し、それに比べて、日本の政治家たちの文章（や演説）はなっとらん！——と書くのは、すごく簡単な気がしてきたのだ。なにごとも、易きについてはいけません。勝つのがわかってる試合に、真剣な顔つきで臨むのはインチキくさい。なので、ノダさんの文章を、もっと上手な文章と比較し批判するためにだけ使用することは控えたい。まあ、それでは、ノダさんの文章は下手、と最初から決めつけてるみたいだけど。

（以下、続く）

『本の時間』二〇一一年一〇月号

9月16日（金）［評論］連載「ぼくらの文章教室」第7回　冒頭

10　ことばを探して

林道を進む

新幹線で郡山まで行った。晴れた、暑い、夏の日だった。この日、ぼくは、Nさんに福島県内の道案内をしてもらうために、待ち合わせをした。そして、レンタカーを借り、一路、Nさんの運転で、東へ向かった。

クラッチレバーの横に置かれた、ウクライナ製の線量計（ガイガーカウンター）は、この1日、ずっと鳴りつづけていた。郡山市内はおよそ0・3〜0・8マイクロシーベルト（一時間あたり）。

運転しながら、Nさんが「もう5カ月もたっちゃいましたね」という。Nさんは、震災直後に岩手・宮城に入り、それからずっと、東京と被災地を往復して取材する日々を過ごしている。

「東京に戻ると、すごく変な感じがするんですね」とNさんはいった。

「節電して、前より暗いし、暑いけれど、でもふつうに日常生活があるでしょう。暮らしていると、震災があったことも、津波があったことも、忘れてる。だから、戻ってしばらくは、ふわふわした変な感じになるんです。違う国に来たみたいな。違う世界に、か」

郡山から東へ直進すると、福島第一原発に至る。けれども、いまは、厳しく規制されていて近づくことはできない。

だから、ぼくたちは、磐越（ばんえつ）自動車道をゆっくりと南東に下っていった。次々と対向車が現れた。警察車両が多い。

郡山市内を出ると、原発に近づくのに、線量計の数値は下がる。0・1から0・5。時には、0・1以下になる。それでも、線量計は静かに鳴りつづけていた。

どこまでも、緑が続く。福島は広い。

やがて、車は太平洋岸にまたたどり着いた。久之浜町（ひさのはままち）。そこから、今度は、汽車が通らなくなった常磐線に沿って、北へと進路をとった。末続（すえつぎ）駅。広野駅。海岸線の家並みは、ほとんど津波にさらわれてしまった。土台だけが残った家の間を抜けて、北へ向かう。瓦礫は片づけられつつあるが、外壁を失ったまま、突然断ち切られた暮らしが見える、家でもあったものが、そのまま何軒も残っている。

何度か途中で降り、瓦礫の中を歩いた。その間に、小さな花壇があり、小さな立札にはこう書いてあった。

「これはお母さんが大事にしていた花壇です。壊さないでください」

（以下、続く）

『小説トリッパー』二〇一一年秋季号

9月17日（土）［エッセイ］愚かしさについて

山本義隆さんの『福島の原発事故をめぐって　いくつか学び考えたこと』（みすず書房）を読んだ。山本さんは、１９４１年生まれ、東大の理学部物理学科を卒業し、大学院在学中に東大闘争に遭遇、東大全共闘議長として名を馳せた。その後は、駿台予備校の名講師として知られている。今世紀になって、『磁力と重力の発見』（みすず書房）で毎日出版文化賞・大佛次郎賞・パピルス賞を受賞。いまも思索と探究の生活を続けている。その山本さんの、新刊が『福島の原発事故をめぐって』だ。様々な、時には矛盾を孕んだ、錯綜する原発情報の中で、物理や科学史の専門家である山本さんのこの本は、まったく異なったアプローチがあることを、ぼくたちに教えてくれる。

ぼくがいちばん心をうたれたのは、『海底二万里』で知られるジュール・ヴェルヌの、晩年の小説『動く人工島』について書かれた部分だ。この『動く人工島』は、二十世紀を舞台にした近未来小説で、「アメリカの一株式会社が造りだした、電気を動力とし完全に電化された巨大な浮遊海上都市、最高で時速八ノットで動く『スタンダード島』の物語」だ。この小説について、山本さんは、こう書いている。

「このヴェルヌの物語が特筆されるべきは、多くの人たちが『科学と技術を通じて、自然が用意したものよりもっとすばらしい人工世界を無際限につくり出せるだろう』という『粗大な妄想』にとらわれていた一九世紀にあって、科学技術が自然を越えられないばかりか、社会を破局に導く可能性のあることを、そしてそれが昔から変わらぬ人間社会の愚かしさによってもたらされることを、はじめて予言したことにある。『〈ビッグ〉への趣向、〈巨大なもの〉への尊敬』を有するアメリカ資本主義によって造りだされた、そして裕福なアメリカ人を主要な島民とするこの人工島は、最後は、シェイクスピアの時代から変わらない二大有力家族間の反目という住民の内部対立と、電力によっては制御しえなかった台風によって南太平洋上で崩壊する。『スタンダード島』を地球に置き換えれば、科学技術の進んだはてに人間社会が、二大強国間の対立と最終的に手なずけることのできなかった自然の猛威により崩壊するという話になる。物語の末尾でヴェルヌは語りかけている。

いや、まだ終わっていない。スタンダード島はまたいつかつくられるだろう。……しかしながら、何度でもくりかえしておこう——人工の島を、海上を自由に動きまわる島をつくることは、人間に許された限界をこえることではないのか、そして風も波も自由にできない人間には、創造主の権利を横取りすることは禁じられているのではあるまいか？

科学技術には『人間に許された限界』があることの初めての指摘であった」

科学はとめどなく進歩する。そのことを、ぼくも否定しない。けれども、人間の「中身」は進歩しない。五百年前、千年前、さらにそれよりもずっと前から、欲望に弱く、他人の意見に弱く、意志をはっきり持てず、責任を持たない、そういう人間はたくさんいた。「愚かしさ」は変わらない。それもまた、人間の属性なのだ。原発事故は、それを明らかにしたのだと思う。そして、おそらく、これからも繰り返し、同じことが起こるのである。

『MAMMO・TV』連載「時には背伸びをする」#206

9月29日（木）［論壇時評］そのままでいいのかい？——原発の指さし男

真っ白な放射線防護服を着て顔面をマスクで覆い隠した男が、無言で、こちらを指さし続けている……。こいつは誰？

いったい、なにを訴えているんだ。

8月末、福島第一原発の固定監視カメラの前に、突然映ったこの映像は、大きな話題となった。その後、「指さし男」本人がネット上に登場し（①）、過酷な環境下で働く原発作業員の実態を知ってもらいたくてやったのだと告白したけれど、彼が指さしたものは、もっとちがうなにかだったようにぼくには思えた。

あの「指さし」は、パフォーマンスアートの創始者のひとりヴィト・アコンチの模倣だといわれている。パフォーマンス（アート）は、ふつうの芸術とは異なり、時に強い政治性を帯びる。いま話題のバンクシーのように。

バンクシーは、イギリスの匿名グラフィティ（落書き）アーティストだ。彼は、警戒の目を盗んで、いずこからともなく現れ、建物の壁にメッセージ性の強い落書きを描き、すぐに立ち去る。キスし合う男の警官たち、立ち小便する儀仗兵、火炎瓶や石ではなく花束を投げる暴徒（？）。そして、彼の「作品」は公共の景観を害するものとしてたちまち消されてゆく。でも、バンクシーはこういう。

「街をマジに汚しているのは、ビルやバスに巨大なスローガンをなぐり書きして、僕らにそこの製品を買わないかぎりダメ人間だと思い込ませようとする企業のほうだ」②

「街をマジに汚している」連中に反論するために、バンクシーは、反撃の武器として壁を選ぶ。そして、ついには「国際法に照らせばほとんど違法」なイスラエルが占領地パレスチナに作りつつある巨大な壁に落書きするために出かけてゆく。狙撃兵のライフルに狙われることを承知で。

*

グラフィティアートを毛嫌いする人の理由ははっきりしている。自分がおとなしく従っている秩序に反抗する人間が疎ましいのだ。自分みたいにおとなしくいうことを聞け、と思うからだ。それは、デモを嫌う人たちの気持ちと似ている。

「指さし男」は、その「指さし」で、こういおうとしたのかもしれないな。

「そこのあんた、そのままでいいと思ってんの？　そんな遠くから見てるばかりじゃなにも変わりはしないよ」って。

バンクシーや「指さし男」みたいな、政治的な（パフォーマンス）アートは、時に、ひどいしっぺ返しを食らう。

9・11同時多発テロ直後、ドイツの現代音楽家シュトックハウゼンは、あのテロを「アートの最大の作品」と褒めたたえたとして凄まじいバッシングに出会った（中沢新一の『緑の資本論』〈③〉に詳しい）。

それは別の意味で「事件」だった。彼がその前後でしゃべった「破壊のアートの、身の毛もよだつような効果」や「間違いなく犯罪」といったことばは意図的に削られ、彼の意図とは正反対の意味を持つものとして、その発言は流通していった。そのことをマスメディアは知っていたのに無視したんだ。そこには、世界を多面的に見ようとするアートのことばと、単純で図式的なマスメディアのことばのすれ違いがあった。いや、もしかしたら、自分たちのいいたいことを自由に発言する芸術家への、無意識の嫉妬（しっと）がそこにあったのかもしれない。

鉢呂前経産相が、原発事故の後、住民が避難して無人となった町の様子を見て「死の町という形だった」といって批判され（もう一つ、「放射能をつけちゃうぞ」発言もあるが、この報道経緯も謎めいている）、たちまち辞任に追い込まれた時、ぼくは、この「シュトックハウゼン事件」を思い出した。その少し前、ぼくも鉢呂さんとほぼ同じところに行き、「こういうの死の町っていうんだね」と呟いたばかりだったんだ。あんな程度で辞任させられるわけ？　意味わかんない……。

この「言葉狩り」としかいいようがない事件の後、東京新聞は社説でこう訴えた④。

「自戒を込めて書く。メディアも政治家も少し冷静になろう。考える時間が必要だ。言葉で仕事をしているメディアや政治家が、言葉に不自由になってしまうようでは自殺行為ではないか」

＊

「震災」の後、どこかで、ボタンのかけ違いが起こってしまったんだろうか。正しさを求める気持ちが突っ走り、その結果、逆に「正しさ」の範囲を狭めて、息苦しい社会が作られつつあるのかもしれない。だとするなら、「指さし男」のメッセージは、「そうやって、あなたたちは、誰かを指さし、攻撃しているけれど、一度その指を自分に向けてみてはどうだい？」なんだろうか。

原発事故を科学技術の歴史の中に位置づけてみせた山本義隆は、『海底二万里』のヴェルヌが、別の近未来小説の中で、科学技術の粋（すい）を集めた人工島が人間関係のもつれによって崩壊することを描いたことに触れ、「科学技術が自然を越えられないばかりか、社会を破局に導く可能性のあることを、そしてそれが昔から変わらぬ人間社会の愚かしさによってもたらされることを、はじめて予言した」と書いている⑤。どれほど科学技術が進歩しようと、それを扱う人間の愚かしさは今も昔も変わらない。そして、そのことにだけは、人は気づかないのである。

「指さし男」が、ぼくたちに向かってその「愚かしさ」を指さすまでは。

①http://pointatfuku1cam.nobody.jp/　②『Wall and Piece』（パルコ）　③ちくま学芸文庫
④「自由な言葉あってこそ」（9月20日付）　⑤『福島の原発事故をめぐって』（みすず書房）
＊ネットからの引用は執筆時点のものです。一定時間後、読めなくなる場合があります。

『朝日新聞』9／29・朝刊

10月7日（金）〔小説〕「恋する原発」冒頭

すべての死者に捧げる……という言い方はあまりに安易すぎる。

（「インターネット上の名言集」より）

不謹慎すぎます。関係者の処罰を望みます。

——投書

いうまでもないことだが、これは、**完全なフィクション**である。もし、一部分であれ、現実に似ているとしても、それは**偶然**にすぎない。そもそも、ここに書かれていることが、ほんの僅かでも、現実に起こりうると思ったとしたら、そりゃ、**あんたの頭がおかしい**からだ。

　こんな**狂った世界**があるわけないじゃないか。すぐに、精神科に行け！　いま、すぐ！　それが、おれにできる、**唯一**のアドヴァイスだ。じゃあ、後で。

（以下、続く）

『群像』二〇一一年一一月号

10月7日（金）〔選評〕「以後」の物語――第48回文藝賞

3月11日の前、自分がどんな風に小説を読んだり書いたりしていたか、よく思い出せない。もちろん、劇的な変化があったわけではない。なにかが少し変わった。あるいは、いまも少しずつ変わっているのかもしれない。でも、自分ではわからない。だから、余計に恐ろしい気がする。今回の候補作を読みながら、以前だったら違った読み方をしただろうか、と何度も思った。もちろん、答えはないのだが。

『Let me entertain you』の主人公の「俺」は、あらゆるものに悪態をつく。それは、「下流」世界で肉体を酷使するしか生きる術のない主人公の閉塞感を描き尽くすためにどうしても必要な戦略だったのかもしれない。だが、作者に誤算があったとすれば、その悪罵が、作中世界を超えて、読者に不快感を招きかねないことだ。否定性に満ちた作品であればあるほど、ことばを用いる際には繊細さを必要としている。

『リーチ・フォー・マイ・オレンジ』、よくできた翻訳小説のように見えた。だが、難民として暮らす国でひとりの母親が、他者の言語であるその国のことばを学んでゆくという、大きく深い問題を孕んだテーマにもかかわらず、「ちょっといい話」のレベルにしか達しえなかった理由を、作者は一度徹底して考えてみるべきだろう。

『クリスタル・ヴァリーに降りそそぐ灰』を、ぼくは、3月11日以降に書かれた小説であろうと思って読んだ。それは、ぼくの勘違いだったのだが、そのことがわかった後も、やはり、「以後」の小説である、という感想に揺るぎはなかった。この小説は、「以後」を描いている。主人公の「私」は、突然、ある大きな事件（「戦争」？）に巻き込まれる。そして、その事件について、この小説の最後まで知ることはないのである。それにもかかわらず、「私」は、前へ進む。たとえば「私」はいくつものパラレルワールドと関わる。そこでは、既成のどんな論理や倫理も役に立たない。だから、「私」は全く新しい論理や倫理を作り出さねばならない。「以後」の小説の課題は、そこにしかないのである。

『文藝』二〇一一年冬季号

10月7日（金）

［選評］討議の果てに――第35回すばる文学賞

『王子と僕と』の主人公の「僕」は吃音を抱えており、またその兄の「王子」は身体に障害を持つ。母親は新興宗教に狂い、リストラされた父親はダブルワークに疲れ果て、ついには家の廊下で眠るはめになる。登場人物たちの行動や思考の周りには、たえず貧困・狂気・苦痛がつきまとう。だが、そのどれもが「定型」の域を出ていないのではないかと思えた。この小説が目指すべきだったのは、作者が書きつけたマイナスのイメージ群が、一気にプラスに反転した後に現出する、もう一つ別の世界ではなかっただろうか。

『ハウリング』の、主人公のエレベーターの点検作業員の周りにも、『王子と僕と』のように、暴力と狂気の匂いを発する登場人物たちが出没する。だが、この小説でも、その「暴力」と「狂気」には、既視感がある。おそらく、作者は、この世界が分泌する、底無しの暴力性を描きたかったのだろう。そのためには、もっと精密な書き込みが必要だったように思えた。

『溺』は、緊密な小説世界を作りだすことに成功している。主人公である、小学校のプールの監視員「僕」は、内側に性的な衝動を抱えたまま、外から関わりにやって来る人たちの世界を盗み見る。そして「僕」は、「外」にいる人びとも、「僕」と同じように、完全にはことばにできない、衝動や激情、あるいは想念にとらわれていることを知るのである。いかにも、とってつけたような結末部が惜しい。この小説の中で描かれた問題は、どれも、解決不可能なことばかりだ。だとするなら、投げ捨てるように終わるべきだったかもしれない。

『カラベラ帰郷』は、荒唐無稽な小説だ。メキシコを舞台に、日本から流れてきた根無し草の「ぼく」が、ひょんなことから友人の死体をオレンジを満載したトラックに隠して彼の故郷に向かうのだが、いきなり同乗してきた骸骨たちが、しゃべり、騒ぐ。こんなものとうてい読み続けることなんかできまいと思っていたら、最後まで読んでしまった。しかも、面白かったのだ……。読みながら、ぼくは、ずっとこの不埒な小説を受賞作として推したいと思った。だが、結局、ためらいを覚え、ぼくは推すことができなかった。なぜなら、この小説は、もっと深く、もっと面白く、もっとすごい作品になったはずだ、という思いを断ち切れなかったからだ。
『フラミンゴの村』は、ある意味で、『カラベラ帰郷』以上に荒唐無稽な作品だ。ベルギーの片田舎で、村の女たちがほとんどすべて、突然、フラミンゴに姿を変える。理由はわからない。その突然の「災厄」に、どのように村人たち（男たち）は立ち向かったのかを、小説は淡々と伝える。この小説の、一見反時代的な相貌の裏に、きわめて現代的なメッセージを嗅ぎとることも可能だろう。だが、なにを読み取るかは、完全に読者の自由に任されているのである。いまは、選考委員全員の熱心な討議の果てに、納得のいく作品が受賞作として選ばれたと感じている。

『すばる』二〇一一年一一月号

10月7日（金）

［選評］2011年の詩――第19回萩原朔太郎賞

いうまでもないことだが、3月11日以降は、それ以前と同じように「読む」ことも「書く」ことも難しくなった。以前は面白かったもの、面白かったはずのものが、そうは感じられない。以前なら、楽に書けていたことが書けない。それとは逆に、以前には無視していたものが気持ちにすっと入ってくる。あるいは、ふだん通りに書いているつもりでも、書き方が変わっている。それは、こちらの問題でもあり、また同時に、ぼくたちが生きているこの世界の問題でもあるのだろう。

『明石、時、』は、読み進めるのが難しい。「以前」もそうだったろうが、いまは、いっそう。たとえば、頻出（ひんしゅつ）する「失った」ということば。この詩集の中の、淡い、とりとめのない「失った」ということばを、直接的な喪失のことばが飛び交ういま、読むことはとても辛（つら）い。もちろん、想像力は現実世界とは途切れたところから生まれる。そのことを主張するためには、この詩集のことばは弱い。

『みをはやみ』は、政治に翻弄される人びとを描き、現実世界に拮抗することばを目指している。とりわけ詩集前半部に収められた詩篇のことばには緊張感が漲る。読む喜びを感じさせる詩も多い。惜しむらくは後半部の失速だ。「愛しい人を奪われた／女の涙のように」といった無神経な語句がいくつも現れ、せっかく作り上げた緊密な世界を崩してしまう。

『Agend'Ars』は、翻訳家・批評家・エッセイストとしてすでに高い評価を受けている著者の処女詩集だが、完成度はきわめて高い。なにより、ひとりの読者として、詩（ことば）を読む快楽を味わうことができる。きわめて知的だが、嫌味ではなく、日本にはない風景から吹いて来る官能的なことばの風を浴びていると、現実を忘れてしまいそうになる。気になるのは、詩としては、「ひとこと多い」ことだ。「あとがき」もそうだが、「詩」の本質について、幾度も、しかもかなり散文的に（というか批評的に）語りすぎてしまう。詩について語る（歌う）のはOKだが、どうしても「一回分」余分な気がするのだが。それから、こういう詩集こそ、装丁にも気をつかってほしいです。

『ノミトビヒヨシマルの独言』は、読者を引きずりこむ力を持つ。詩の中心には、いまは亡き父、かつて南方に兵士として出向いた父の姿がある。自らのルーツを探す旅は、著者のことばを探す旅に重ね合わせられる。では、なぜいまなのか？　おそらく、著者を苦しめる問いを解く鍵は過去にしかないからだ。この国の現状を解く鍵が、過去にあるように。そう思えた時、このきわめて個人的に見える詩集の秘密を、ぼくたちはかいま見ることができるはずだ。この詩集にもし足りないものがあるとするなら、「読者のいま」に迫る力、ということになるだろうか。

『詩ノ黙礼』のことばは、端的にいうなら、詩のことばとしての完成度において、物足りない。だが、震災現地という特別な場所に立ち止まることを選択し、あえて一切の完成度を放棄して書かれたこの詩集において、完成度そのものは、一義的には問題にならない、と僕は考える。では、ぼくはなにが不満だったのか。小説というジャンルで、同じように、「現場」に立つことを選び、そのことによって芸術としての完成度を放棄した川上弘美の『神様　2011』でもっとも胸をうつのは、「結局のところ、死者は戻ってこないし、生者は死者を代弁できない」という、書かれざる哀しみだ。小説は、極度に「直接的」なのに、この哀しみは、そのことばの背骨にあって、隠れている。この詩集には、その部分がないようにぼくには感じられたのだ。

というわけで、『青い家』にたどり着いた。この５００頁近い詩集を読むことは、ぼくにとって大きな喜びだった。ここには「現代詩」と呼ばれるもののさまざまな書法や喩法が存在している。それから、ある大きな時間と空間が切りとられて読者の前に提出されている。それは、個人的であると同時に、読者も入ることのできる「公共」的な時空間のようにもぼくには思えた。

「ときどき、かんちがいして、自分は芸術がきらいなのかと思う。そうじゃなくて、文学でも、美術でも、しつこく、精緻にやっているのが、きらいなのだ。どうしていやなのか。いままでわからなかったことが、ひとつわかった。たいていの精緻さは、他者とともにこの世界にいるということを忘れる方向に、入り込んでゆく。だから退屈なのだ。他者とともにいる。他者のなかにいる。ここではケンジとかケイコとか呼ばれ、また、かれらを名前で呼ぶことから、それがはじまる。『名前がわかっても』何がわかるというわけではない。そうだとしても、だ」

この詩集のことばは、「他者とともにいる。他者のなかにいる」のである。

『新潮』二〇一一年一一月号

10月15日（土）［エッセイ］「政治家の文章」再説　冒頭

――ぼくたちのことをバカだと思ってるんでしょ!!

さて。なぜ「再説」なのか、ってことなんだけれど、それは、武田泰淳（たけだたいじゅん）（という人）の『政治家の文章』という名著にちなんでいるからです。

ところで、（という人）という表記にしたのはなぜか。

ほんとうは、（という人）なしで、「武田泰淳」という固有名詞単独で使いたいのだ。でも、「武田泰淳」と書いて、「誰、それ？」という読者も、多いのではないだろうか。たとえ、『本の時間』の読者であっても。

ぼくは、そういうところがすごく気になる。だから、「スタンダールの『赤と黒』」ではなく「スタンダールという人の『赤と黒』というタイトルの小説」と書く（NHKのある番組に出たとき、会場にいた若者五十人に訊ねたところ、全員が、「スタンダール」という名前も『赤と黒』という小説のタイトルも聞いたことがない、と答えた風景を見て以来、そうしている。「読んだことがない」んじゃなくて「聞いたことがない」ですから）。たとえ、それが文芸雑誌に載せるものであっても。

「ドストエスフキーの『カラマーゾフの兄弟』」は文芸雑誌ではOKだけど、『週刊アサヒ芸能』（昔、連載してました）ではビミョーだ。自分の知識と読者の知識が同じとは限らない。ぼくは、南沙織（みなみさおり）の「傷だらけの純情」は歌えるけれど、AKB48の「ヘビーローテーション」は歌えない……。

そこには（「傷だらけの純情」と「ヘビーローテーション」の間には）、大きな断絶がある。それは、もしかしたら、違う次元に住んでいるのではないかと思えるほどの差なのだ。

でも、その話はまた後で。

（以下、続く）

『本の時間』二〇一一年一一月号

10月17日（月）［エッセイ］絶望の国の幸福な若者たち

いったい、いまの若者は幸福なのだろうか不幸なのだろうか。もうすでに若者であった頃からはずいぶん離れてしまったぼくには、よくわからない。だからといって、ぼくが教えている学生たちに質問してみても、はっきりした答えがあるわけじゃない。でも、非正規労働につく若者が増え、就活が過酷になり、ワーキングプアやネットカフェ難民といった初めて聞くことばが生まれていることなら知っている。どうやら、若者がたいへんな目にあっていることだけは確からしい。だから、たぶん、いまの若者は、どちらかというと不幸なんだろう……と、なんとなく思っていた。ところが、そうではないらしいのだ。

「内閣府の『国民の生活に関する世論調査』によれば、二〇一〇年の時点で二〇代男子の六五・九%、二〇代女子の七五・二%が現在の生活に『満足』していると答えている。こんなに格差社会だ、若者は不幸だと言われながらも、今の二〇代の約七割は生活に満足しているのだ。特に男の子に関しては、過去四〇年間で一五%近くも満足度が上昇している」(『絶望の国の幸福な若者たち』古市憲寿)

いったい、どういうことなんだろう。どんどん景気が悪くなり、就職難に苦しんでいるはずなのに、どうして「満足」度が上昇しているのだろう。

古市さんは、データを読み解きながら、また不思議な数値を発見する。それは、「日頃の生活の中で、悩みや不安を感じているか」という質問に対する回答で、そこでは二〇代の六三・一%が悩みや不安を感じていると答えている。バブル崩壊以降「不安がある」という答えはずっと上昇を続けているのだ。

ということは、ここ二十五年ほど、若者たちは「満足」度と「不安」度を同時に上昇させていたということになる。そして、その謎を古市さんは、こんな風に解くのである。

「『今日よりも明日がよくならない』と思う時、人は『今が幸せ』と答えるのである。これで高度成長期やバブル期に、若者の生活満足度が低かった理由が説明できる。彼らは、

『今日よりも明日がよくなる』と信じることができた。自分の生活もどんどんよくなっていくという希望があった。だからこそ、『今は不幸』だけど、いつか幸せになるという『希望』を持つことができた。（中略）。しかし、もはや今の若者は素朴に『今日よりも明日がよくなる』とは信じることができない。自分たちの目の前に広がるのは、ただの『終わりなき日常』だ。だからこそ、『今は幸せだ』と言うことができる。つまり、人は将来に『希望』をなくした時、『幸せ』になることができる」

希望がないからこそ、今を「幸せ」と感じる。あるいは、今を「幸せ」と感じなければ、希望がない時代には生きていけないのだ。それが「満足」と「不安」を両立させる若者たちの意識の秘密だ、と古市さんは書いている。

さらに、古市さんは、若者たちの「幸せ」の根源は、今、「仲間」と共にいることにある、と指摘する。

「（若者たちが）『今、ここ』にある『小さな世界』（気の合った仲間たちといられる世界・筆者注）の中に生きているならば、いくら世の中で貧困が問題になろうと、世代間格差が深刻な問題であろうと、彼らの幸せには影響を及ぼさない」のである。

さて、みなさんは、この古市さんの意見を、どう思いますか？

『MAMMO・TV』連載「時には背伸びをする」#207

10月27日（木）　［論壇時評］希望の共同体を求めて――祝島からNYへ

80歳近いおじいさんが、ひとりで水田を耕（たがや）している。その水田は、おじいさんのおじいさんが、子孫たちが食べるものに困らぬよう、狭く、急な斜面ばかりの島で30年もかけて石を積み上げて作った棚田だ。子どもたちは都会へ出てゆき、ひとり残されたおじいさんが、それでも米を作るのは、子どもや孫に食べさせるためだ。息が止まるほど美しい空や海に囲まれた水田の傍（かたわ）らでおじいさんが話している。次の代で田んぼはなくなるだろう。耕す者などいなくなるから。

「田んぼも、もとの原野へ還（かえ）っていく」といって、おじいさんは微笑（ほほえ）む。そして、曲がった腰を伸ばし、立ち上がる。新しい苗代（なわしろ）を作るために。

山口県上関町の原発建設に30年近く反対し続けている祝島（いわいしま）の人たちを描いた映画『祝（ほうり）の島』（①）の一シーンだ。

人口500人ほどの小さな島には、ほとんど老人しか残っていない。その多くは一人暮らしの孤老だ。彼らは、なぜ「戦う」のか。彼らが何百年も受け継いできた「善きもの」を、後の世代に残すためにだ。では、その「善きもの」とはなんだろうか。汚染されない海、美しい自然だろうか。そうかもしれない。

だが、その「善きもの」を受け取るべき若者たちが、もう島には戻って来ないことを、彼らは知っているのである。

四国電力伊方（いかた）原発の出力調整実験への反対闘争について記した中島眞一郎（なかじましんいちろう）②、新潟県巻町（当時）の原発建設の是非をめぐる住民投票について記した成元哲（ソンウォンチョル）③、そして、祝島について報告した姜誠（カンソン）④。都会から遠く離れた場所での、孤独な「戦い」を記述した彼らの報告を読みながら、ぼくの脳裏には、映画で見た祝島の風景が蘇った。

*

受け取る者などいなくても、彼らは贈り続ける。「戦い」を通じて立ち現れる、大地に根を下ろしたその姿こそが、ひとりで「原野へ還っていく」老人たちから、都会へ去っていった子どもたちへの最後の贈りものであることに、ぼくたちは気づくのである。

おそらく、世界中に「祝島」はあって、そこから、「若者」たちは「外」へ出てゆくのだ。では、「外」へ出ていった「若者」たちは、どうなったのか。

「こんなデモは今までに見たことがない」

9月18日夜、米ウォール街から北に200メートルばかり離れた広場に出向いた津山恵子は、まずこんな風に書いた⑤。

「参加者のほとんどは、幼な顔の10代後半から20代前半。団塊の世代や、1960〜70年代の反戦運動を経験した世代など、『戦争反対』『自治体予算削減反対』『人種差別反対』などのデモで毎度おなじみの顔は全くない。いや、彼らは今までデモに参加したことすらないのだ」

世界を震撼させることになる「Occupy Wall Street」デモが始まった翌日の光景だ。いったい、彼らは、なんのためにどこから現れたのか。

肥田美佐子⑥は、豊かな社会の中で劇的に広がる「格差」が、彼らを、まったく新しいやり方で、街頭に繰り出させたと報告し、さらに、瀧口範子はリポート⑦にこう書いている。

「自然発生的に広がっていったOccupy Wall Streetは、まるで新しい共和国のような様相を呈している。最初は失業者やホームレスたちの集まりと見られていたが、そのうち若者や学生も加わり、整然と組織化されていった。組織といっても、弱肉強食のウォール街の流儀とは正反対のもの。話し合いを通じて、合意形成を図り、それを実践していくというものだ」

10月6日。『ショック・ドクトリン』の著者で、反グローバリズムの代表的論客、ナオミ・クラインは、彼らが占拠する広場で演説した。そこで、彼女は、一つの「場所」に腰を下ろした、この運動の本質を簡潔に定義している⑧。

「あなたたちが居続けるその間だけ、あなたたちは根をのばすことができるのです（中略）あまりにも多くの運動が美しい花々のように咲き、すぐに死に絶えていくのが情報化時代の現実です。なぜなら、それらは土地に根をはっていないからです」

＊

かけ離れた外見にかかわらず、「祝の島」のおじいさんとニューヨークの街頭の若者に共通するものがある。「一つの場所に根を張ること」だ。そして、そんな空間にだけ、なにかの目的のためではなく、それに参加すること自体が一つの目的でもあるような運動が生まれるのである。

上野千鶴子は大著『ケアの社会学』で、ケアの対象となる様々な「弱者」たちの運命こそ、来るべき社会が抱える最大の問題であるとし、「共助」の思想の必要性を訴えた⑨。

「市場は全域的ではなく、家族は万全ではなく、国家には限界がある」

背負いきれなくなった市場や家族や国家から、高齢者や障害者を筆頭とした「弱者」たちは、ひとりで放り出される。彼らが人間として生きていける社会は、個人を基礎としたまったく新しい共同性の領域だろう、と上野はいう。

それは可能なのか。「希望を持ってよい」と上野はいう。震災の中で、人びとは支え合い、分かちあったではないか。

その共同性への萌芽を、ぼくは、「祝の島」とニューヨークの路上に感じた。ひとごとではない。やがて、ぼくたちもみな老いて「弱者」になるのだから。

①纐纈あや監督（2010年）
②「いかたの闘いと反原発ニューウェーブの論理」（『現代思想』10月号）
③「巻原発住民投票運動の予言」（同前）
④「マイノリティと反原発」（『すばる』11月号＝連載）

⑤「立ち上がった『沈黙の世代』の若者」(http://jp.wsj.com/US/node_315373)
⑥「若者の『オープンソース』革命は世界を変えるか」(http://jp.wsj.com/US/Economy/node_320632/?tid=wallstreet)
⑦「全米に広がる格差是正デモの驚くべき組織力」(http://diamond.jp/articles/-/14428)
⑧「aliquis ex vobis」掲載の邦訳から(http://beneverba.exblog.jp/15811070/)
⑨太田出版
＊ネットからの引用は執筆時点のものです。一定時間後、読めなくなる場合があります

『朝日新聞』10／27・朝刊

11月7日（月）

［小説］「ダウンタウンへ繰り出そう」冒頭

死んだひとたちが、初めて、みんなの前に現れたのはいつのことだったのかは、誰も知らない。

最初のうちは、それが死んだひとだってことに気づかなかった、ともいわれている。でも、信じられないな。死んだひとの、あの、独特の感じに気づかないってことがあるだろうか。

だから、おそらく、死んだひとたちが現れたとき、みんなは、自分だけの秘密にしたんじゃないかと思う。だって、誰だって、死んだひとを自分だけのものにしようと思うのが自然だからさ。

＊

ドアをたたく音が聞こえる。

とんとん。

いつもとちがう音だ。いつもなら、ただ、とんとんと音がするだけ。でも、この、ドアをたたく音は、もっとずっとひめやかで、いつまでも聞いていたい気がする。

とんとん。

パパもママもおばあちゃんも妹も、その音に耳を澄ませている。耳が痛くなるくらい、ものすごくさむい冬の朝、空のいちばん奥のところで鳴ってるみたいな、細くて、はっきりした音だ。いままで一度も聞いたことのない音。やさしいんじゃないけど、こわくもない。

「あれは」パパが、いつも座っている古い座いすを揺らしながら、静かにいう。「死んだ人がたたいてるんじゃないかな。そんな気がする」

「ええ」ママは、妹のスカートのほつれを針でなおしながら、やっぱり静かにいう。「こういう晩に、死んだ人がドアをたたくっていいますよね」

「まあ」熱いココアを啜っていたおばあちゃんは嬉しそうに手を、目の前で、小さく打ち鳴らしていう。「なんて素敵なことでしょう!」

おばあちゃんの膝の上で、ブタとオオカミと女の子が出てくる絵本を読んでもらっていた妹はいった。

「しんだひと？　ほんとに？　やったあ！」

でもって、ぼくはというと、胸が一杯でなにもいえずに、ただドアを見つめているだけだった。

（以下、続く）

『新潮』二〇一一年一二月号

11月15日（火）

［エッセイ］連載「国民のコトバ」第一回「VERY」なことば　冒頭

　ぼくはよく雑誌を読む。とりわけ、女性誌を。一時は、『JJ』を毎号、なめるように読んでいたし、コギャル（古い……）御用達の『egg』を発売日に買って、最初のページから最後のページまで精読していた頃もある。いまでも、『小悪魔ageha』や『VoCE』や『STORY』や『AneCan』や『GLITTER』を愛読しているし（まだ、他にもあるけど）、ぼくが教えている学生諸君にも、女性誌を読むよう勧めている。というか、授業でも使っている。なぜって？　そりゃ、面白いからだ。どんな雑誌より、どんなテレビ番組より、どんな新聞より、おそらくは、たいていの本よりもずっと。「えっ？」と思われるかもしれない。女性誌って、ただファッションのことばかり載ってるんじゃないの、って、読者である女性のみなさんだって思っているかもしれない。はっきりいおう。違うのである。実は、そこには、当の読者さえ知らない、特別な世界が存在しているのである。

『ＶＥＲＹ』という雑誌をご存じだろうか。主に三十代前半の女性を読者にした雑誌だ。ただし、「ふつうの」三十代前半女性ではない。都市もしくはその近郊に住み、多くは結婚して子どもを（二人ぐらい）持っている、「高収入」家庭の女性だ（専業主婦でも仕事をしている女性でもＯＫ）。そんな女性が実際にどのくらいいるのかは、わからない。もしかしたら、そういう女性は『ＶＥＲＹ』なんか読まずに、もっと別のことをしているかもしれない。それでいいのである。『ＶＥＲＹ』な（と想定される）女性は、なにを好み、どんな風に生きるべきなのか。『ＶＥＲＹ』は、毎号、それを教えてくれるのである。

（以下、続く）

『本の時間』二〇一一年一二月号

11月24日（木）

［論壇時評］暮らし変えよう　時代と戦おう――老人の主張

今年94歳になる老人が、30ページほどしかない小さな本を書いた。フランスで生まれたその本は200万部を超える大ベストセラーになり、世界各地で翻訳された。著者はステファン・エセル、戦争中はナチスへの抵抗運動（レジスタンス）に所属し、戦後は、外交官として国連で活躍。そんなエセルが送り出した本のタイトルは『憤れ！』だ①。

エセルは、レジスタンスの生き残りのひとりとして、「遺言」のように「若者」たちに語りかける。

――半世紀以上前、私たちは、不正に対して戦いました。世紀を越えていま、世界はまた、経済格差や様々な差別に苦悶（くもん）しています。青年諸君、どうせなにもできやしないんだ、と諦めないでください。あなたたちをダメにしようとする全てと戦ってください。これからの時代を作るのはあなたたち自身なのです――

エセルのことばはありふれている。若者たちから、「老人の繰り言」と一蹴されても不思議ではない。だが、彼のことばは、フランス（そして世界）を揺り動かした。その理由は何だったろう。

*

深刻な経済危機にあえぐギリシャを訪ねた藤原章生は、「国がどうなろうが、知った事ではない」とストを繰り返すギリシャ人たちを「豊饒で無茶苦茶な人たち」と呼ぶ②。いったいどうしてそんなことをするのか。彼は、76歳の監督テオ・アンゲロプロスに疑問をぶつける。

監督は自らの生涯を振り返りつつ「いまは、戦争と比べても最悪の時代だ」と答える。

「長く西欧社会は、ギリシャも含め、本当の繁栄を手にしたと信じてきた。だが、突如それは違うと気づいた……。問題はファイナンス（金融）が政治にも倫理にも美学にも、我々の全てに影響を与えていることだ。これを取り払わなくてはならない。扉を開こう。それが唯一の解決策だ」

「扉を開こう」とは、「経済が全てに優先する、いまの暮らしを変えよう」ということなのである。

*

この秋、もっとも充実した「論壇」誌は『通販生活』秋冬号⑶ではないか。「えっ?」と思われるかも。だって、通販専門のカタログ雑誌なんだから。けれど、日本地図の上を原発マークがひしめく表紙や、そこに重ねられた「一日も早く　原発国民投票を。」という活字を見ていると、なんの雑誌だかわからなくなってくるだろう。

中身もとびきりだ。表紙をめくると、いきなり22年前の特集記事が再掲載されている。そこでは、菅直人を相手に女性たちが「原発をつぎの選挙の争点にしてください」と申し込んでいるのである。先見の明がありすぎだ。内容もたっぷり。「原発国民投票のための勉強」では飯田哲也を筆頭として専門家がレクチャーを繰り広げ、河野太郎⑷や原子炉設計者の後藤政志⑸が、原発震災について語る。その一方で「震災報道の陰で忘れかけていた6つの問題」として沖縄・普天間問題から秋葉原無差別殺傷事件までを論じている。いや、それればかりか「日本のエセル」、今年96歳反骨のジャーナリストむのたけじのインタビューまで載っている⑹。まるで論壇誌みたい。

でも、違うところが一つある。（当然のことだが）商品のカタログが掲載されているのだ。たとえば、巻頭特集でとりあげられているのは、ガスで炊く（すなわち、電気を使わない）「かまどご飯釜」。次の特集「脱原発時代の暖かい暮し」で、推薦されているのは「カーテン内部に空気を溜めて窓から逃げる熱を遮断する」「エアサンドカーテン」。さらに、その先の「メイド・イン・東北」で売っているのは、「気の毒だから買ってあげよう」ではなく「品質にこだわって」選んだ、東北の品々なのである。

論壇誌は、その国（世界）の行く末をめぐって考え、青写真を提示する。『通販生活』にも論考や解説はある。だが、この雑誌は、それ以上のものを提供しようとしている。それは「ライフスタイルの提案」にとどまらないなにかであるように、ぼくには思えた。ちなみに、この号の『通販生活』のCMは、民放テレビ局から拒否されたそうだ。「最強の論壇誌」の証明？

「リベラルに世界を読む」を標榜する雑誌『SIGHT』の今季の特集は「私たちは、原発を止めるには日本を変えなければならないと思っています。」と名付けられている⑦。内容に不明確なところはなく、江田憲司が「政治と原発」を、古賀茂明が「官僚と原発」を、震災以降日本では「民主主義が成熟していない」と痛感した坂本龍一が「日本人と原発」について語っている。ほとんどすべてがインタビューで構成されているため、中身はやや粗く感じられるかもしれない。だが、この雑誌もまた、目指すところは、いわゆる論壇誌と同じではない。

ロック雑誌を発行する会社を親元とするこの雑誌のスタイルは、ロックやポップスのあり方を模倣している。日本語で歌われる曲が、現実にしゃべられる口調を採り入れるのにも、アメリカ発の音楽であるロックが日本語を採り入れるのにも時間がかかった。政治や社会に関する議論を、学者や評論家の書くことばから「ぼくたちの口語」に取り戻してもいい頃ではないか。それは、議論の中身以上に重要なことかもしれないのである。

ところで、「憤れ!」も「扉を開こう」も、かなりロックだと思うんだけど。

①英語版 Stéphane Hessel『Time for Outrage!』/『怒れ! 憤れ!』(日経BP社)
②「『地中海から時代が変わる』か」(『世界』12月号) ③カタログハウス
④「落合恵子の深呼吸対談」(『通販生活』秋冬号) ⑤連載「人生の失敗」〈取材・文は溝口敦〉(同前)
⑥「私の人生を変えたあの人の言葉」(同前) ⑦『SIGHT』49号(ロッキング・オン)

『朝日新聞』11/24・朝刊

12月7日（水）［選評］クマの時代なのだ——第64回野間文芸賞

びっくりした。ついにホッキョクグマが小説（じゃなくて自伝だけど）を書きはじめたのだ。そんなバカな、と思った。小説とか文学とか、そういう言語芸術は、ニンゲンが独占しているものだ。ホッキョクグマなんかに書けるわけがない。ぼくは動物園が好きで、よくホッキョクグマも見るけれど（真っ白なはずの毛が、やや黄色くなっているのが哀しい）、どう考えても、あんなものに文学が生産できるわけがない。クマにエンピツが持てるのか。クマにキイボードがうてるのか。壊れちゃうぞ。そのように思い、これは、どうせ、擬人化（ぎじんか）したホッキョクグマにメッセージを託したお話なんじゃないかと予想して読みはじめたら、ぜんぜんちがっていた。ホッキョクグマは作家になったり、亡命したり、劇場で女優になったりするのだが、その世界にはニンゲンもたくさんいる。どうなっているのかと思って読み進めていくと、ホッキョクグマのやっていることの方が、ニンゲンたちがやっていることよりずっと「まとも」に見えてくるのである。いや、ニンゲンたちの方が、文学なんか解しない禽獣の一種に見えてくるというか、ニンゲンの方がずっと恐ろしいというか。そんな感じです。実は、最近、ふつうのニンゲンの作家が書いた小説が、つまらなく思えて仕方がない。なにも考えずに書いているんじゃないかって気がする。そう感じるのは、あの地震のせいかと思っていたけど、もしかしたら、『雪の練習生』を読んだせいなのかも。あるいは、二つが合わさってなのかもしれませんね。

『群像』二〇一二年一月号

12月7日（水）

［エッセイ］**はじまりはじまり**（新年エッセイ「言葉からはじまる」）

いちばん最初の記憶はなんだったのだろう。おそらく、誰でもそうであるように、その前後はきれいさっぱり消え去っているのに、なぜか異様に、鮮明に残っている記憶があって、そのどれかが最初の記憶ということになるのだろうか。

ぼくが本命臭いと睨(にら)んでいるのは、塀の側を誰かに手を引かれて歩いている風景で、でも、ぼくの手を引いている人間の姿は見えない。その前後と思われる映像に、どう見ても「庭」とおぼしき樹の連なりや灯籠(とうろう)があって、だとするなら、そこは、祖父母が暮らしていた帝塚山(てづかやま)の屋敷で、ぼくは生まれて三ヶ月目から一歳頃まで、そこで暮らしたと聞いている。でも、祖父母の住んでいた家は、ぼくの両親が尼崎の、父が祖父から社長職を受け継いだ工場の敷地に小さな家を建てて住んでからも訪れたはずだから、それが最初の記憶であるという確証はない。

尼崎に関していうと、いちばん下の弟が生まれて一週間で死んでしまった時、ぼくは四歳で、生まれた時の周りの興奮も、ささやかな葬儀も覚えているが、それより前の記憶が、あるのかどうかは、やはりはっきりとはわからない。父が経営していた工場は鉄工所で、一度大きな火事があって、ほとんど焼けてしまったが、それはぼくが三歳頃で、それもよく覚えている。消防車のサイレンの音が鳴り響く中、ぼくは母親に抱かれて、外に逃げ出した。とても、寒い夜だった。

四角い大きな鉄の容れ物に入っているなにかをいつまでも触っているという、ただそれだけの光景を時々、思い出す。母の話では、二歳になる前、ぼくが工場に置いてあった青酸カリの缶に手を突っ込んでいたことがあって、周りの従業員たちを青ざめさせたのだが（もちろん、すぐに捕まえられ、母親は十五分ぐらいずっとぼくの手を洗ったそうだ）、その時の光景なのかどうか、これもわからない。

おっぱいの大きな人にしがみついて寝ていて、ふと目を開くと、窓が時々、赤く染まり、蒸気機関車の警笛（けいてき）の音が聞こえてきた。ということは、そこは、母親の実家の尾道で、その人は祖母に間違いないだろう。母親は自分のおっぱいが小さいことでいつも文句をいっていた。いったい、ぼくは何歳だったんだろうか。

これもまた、窓に関する記憶で、窓の外を光るなにかが次々と通りすぎてゆく。それを、ぼくはぼんやりと、半分眠りながら、見つめている。それは、大阪に用事があってその帰りで、タクシーに乗っている風景だ。ひとりで乗っているわけがなく、おそらく父親も母親もいるはずなのに、記憶はない。大きな川（淀川？）を渡る橋の上をタクシーがスピードを上げて進んでゆく。ぼくは、心地よい疲れと眠さにくるまれ、それから、限りなく充たされていて、「これ」がいつまでも続けばいいと、ぼんやり考えている。三歳か四歳頃のような気がする。

菜の花畑を背にして、母親が赤ん坊を抱いている。すごく小さい。生まれたばかりのすぐ下の弟だ。いちばん下の弟は一度も見る機会がなかったから。母親は笑って、その横に、知らないおばさんがいる。ぼくは、母親でも赤ん坊でも、そのおばさんでもなく、あまりに青い空を見ている。たぶん三歳になる少し前だ。

ぼくは市場に向かって、雑踏の中を歩いている。低い空に、赤い無気味な星が見える。ぼくは心の底から怯えて、母親の手を握りしめる。母親がぼくの耳もとでなにかを囁いている。なんだろう。ぼくを安心させようとしているのだろうか。ぼくは、その赤い星に激しく引きつけられる。きっとなにか恐ろしいことが起こるにちがいないと思う。だから、早く家に帰りたい。家の中にいればきっと安全だから。火星は一九五四年に大接近している。だから、これもまた三歳の記憶だ。

誰かが上から覗きこんでいる。ぼくは目を開けている。その誰かの顔はわからない。ぼくは体を動かそうとしている。でもうまく動かすことができない。遠くから、トタン屋根に落ちる雨の音が聴こえてくる。あれはいったい何歳の時？　いや、ほんとうに現実だったんだろうか？　この中のどこかに、ぼくの「はじまりはじまり」があるはずなのだが、ぼくにはそれを決めることができないのである。

『すばる』二〇一二年一月号

12月15日（木）

［エッセイ］連載「国民のコトバ」 第二回「幻聴妄想（げんちょうもうそう）」なことば 冒頭

お正月も近い。お正月とことば、といえば、やっぱり「かるた」ではないか。ひとりの日本国民としては、そう思うのである。

でも、ふつうの「かるた」じゃ、あんまりおもしろくない。そこで、今回は、「幻聴妄想かるた」という「かるた」について、みなさんにお伝えしていきたいと思う。

これは、どういう「かるた」かというと、ハーモニーという、「こころの病」をもった人たちが通う施設で作られたものだ（出典は、『幻聴妄想かるた』医学書院）。その人たちが、日々出会う「幻聴」さんや「妄想」さんを、丁寧（ていねい）に集めて、「かるた」の形にしたものなのである。

確かに、「こころの病」をもった人たちが、ふだん考えたり、感じたりしていることは、「こころの病」をもっていない人たちのそれとはちがう……とここまで書いて、「はて？」

と、ぼくは思ってしまいましたね。わかっていて、ギャンブルが止められない人（正直に告白しますが、それ、ぼくです）、あれは、ギャンブル依存症という、立派な「こころの病」だし、ぼくの知り合いには、いうことの半分はウソという人がいて、そればかりか、ウソばかりついているうちに、ウソじゃなくてほんとのことと思いこみはじめる人もいる。それだって、どう考えても、「こころの病」でしょ。っていうか、他人の話を絶対に聞かない、朝生の出演者たち、あの人たちは、揃いも揃って「こころの病」じゃないんだろうか……。

いや。そんなことをいいだすと、「こころの病」をもってない人なんか、いなくなっちゃいそうだから、本日は、誰にでもわかる、お墨付きの「こころの病」所有者たちの、ことばを紹介することにしたい。

（以下、続く）

『本の時間』二〇一二年一月号

12月16日（金）［評論］連載「ぼくらの文章教室」最終回　冒頭

11　2011年の文章

「文章」が生まれる場所

ぼくたちは、ずっと、たくさんの文章を読んできた。それは、みんな、あなたのおかげだ。

この「文章教室」を始めるとき、決めていたことがいくつかある。それから、やろうと思っていたことも。でも、ずいぶん、予定のコースからは、はずれてしまった。それでいいと思う。人生は予定通りにはいかない。だからといって、「人生が間違っている！」という人はいない。

ぼくがやりたかったのは、文章をたくさん読むことだ。もちろん、字が読める限り、そして、生きている限り、ぼくたちは、いつでも、どこでも、たくさんの、たくさんの文章を読んでいる。目の前を、むすうの文章たちが流れてゆく。そして、ぼくたちは、それが当たり前のことのような気がしている。

警戒しなければならないのは、そのことだ。

ぼくたちは、すぐに忘れてしまう。生まれた時には、字なんか読めなかったことも、ことばの意味なんか一つも知らなかったことも。それから、少しずつ、字やことばの意味を覚えはじめるのだけれど、いつも間違っていたことも。

ぼくには、いま7歳と5歳の子どもがいる。彼らが生まれてからずっと、ぼくたちは、彼らが、字やことばを覚えてゆくのを見つめてきた。一つの単語を並べることしかできなかったのに、それが二つになり、三つになって文章のようなものになるのを、驚嘆しながら、眺めてきた。間違いだらけの文章を訂正しながら、「ほんとうに、ぼくは『文章』を知っているといえるのだろうか。子どもたちの『文章』を訂正する権利なんか、ぼくにあるのだろうか」と不安になってきた。

柔らかく、壊れやすい、けれども、あらゆるものを強靭に吸収しようとする、小さな生きものを見つめながら、間違いだらけの彼らの「文章」の方が、どうやら正しいらしい、ぼくたち大人の「文章」より、魅力的なのはなぜか、と考えてきたりもした。

子どもたちが、ことばや文章を覚えようとするのは、生きてゆくのに必要だからだ。彼らには、生きていたいという、あまりにも強い欲求があり、それを満たすために、あらゆる手段を使おうとする。

最初は、「泣く」こと。彼らには、それしか、手にできる武器はないのである。そして、手や足を、むちゃくちゃに動かすこと。それが、彼らのことばであり、「文章」なのだ。そのことばや「文章」によって、子どもたちは、親であるぼくたちに、「思い」や「感情」を伝えようと試みるのである。

（以下、続く）

『小説トリッパー』二〇一一年冬季号

12月22日（木）　［論壇時評］立ち向かうため常識疑おう——二つの「津波」

『のらのら』という雑誌がある。創刊号の表紙にはこんな活字が躍っている（①）。

「こども農業雑誌誕生！」「のらぼーず、のらガール、ただいま増殖中！」「ばあちゃんの畑を奪って　ぼくのゲリラ畑」

この、子どもたちを中心に据えた農業雑誌の中で、熊本県山都町の竹本晄一朗くん（5歳）は、亡くなったひいおじいちゃんの畑を耕すし、高知県宿毛市の宮本龍くん（11歳）は、おばあちゃんの畑の一角を勝手に耕し勝手にタネをまいて、なんでも育てる。彼らを筆頭に、農業に情熱を抱く少年少女たちが続々登場する。そして、親たちは、子どもたちの自然との格闘を、じっと見守る。そこに、教育というものがある。

＊

ぼくは、この雑誌を「日本で唯一の農業書専門の本屋」農文協・農業書センターで見つけた。そして、他にも、不思議なものを。震災・原発・TPP（環太平洋戦略的経済連携協定）関係の書籍や雑誌ばかりを集めた大きな棚だ。一見、関係なさそうな「震災・原発」と「TPP」が、この小さな本屋の棚では、深い関連の下に展示されている。

農文協（農山漁村文化協会）は、第1次産業といわれる側の立場から、警告を発しつづけてきた。去年暮れの『TPP反対の大義』に始まり、『TPPと日本の論点』『復興の大義　被災者の尊厳を踏みにじる新自由主義的復興論批判』と立てつづけにブックレット②を発刊した。そこで主張されているのは、簡明にいうなら、こうだ。

「津波がこの国を襲った。それから立ち直る暇もなく、TPPという名のもう一つの『津波』が、やって来ようとしている。この二つの『津波』には、共通点がある。どちらも、小さなもの、多様なもの、ヒューマンな共同体を破壊し、なにもかも一様なものにしてしまうのだ」

あるいは「震災を奇貨として」「小さい農漁家」に「大規模・効率的な企業的事業主体に（仕事を）明け渡せ」と迫る、政府・財界のプランを「災害資本主義」そのものであると批判する。

正しいのだと思う。しかし、ぼくを含めて都市の人間には、この二つの「津波」を同じ種類のものだと思える感覚が乏しいのではないか。

『季刊地域』も農文協の雑誌だ。最新号の特集は「いまこそ農村力発電」③。ここでは「江戸末期〜昭和初期の先駆者たちがひたすら地域と子孫の繁栄を願って開削した農業用水路」を生かした発電所が紹介されている。「私財を投じた先駆者のなかには困窮の果てに故郷を離れた一族もいる」が、そのおかげで、「我々」はいまの繁栄を享受している。その前の号の特集は「大震災・原発災害　東北（ふるさと）はあきらめない！」④。「大震災・原発災害に立ち向かう農山漁村の底力」との文字も。全ページに怒りと、怒りをバネにした復興への決意、それを支える、冷静な考察と細密な現状報告があふれる。

論壇誌にも「復興」や「TPP」に関する様々な論考が見つかる（山下祐介「東北発の復興論」⑤、柳京熙「強行された涙の不平等条約」⑥、「総力大特集『外交敗北』とTPP」⑦）。だが、それらの問題の底を見つめる作業を行ったのは、いわゆる論壇誌ではなく、長靴をはき作業衣を着た屈強な農民の写真を表紙に据えた雑誌だった。

*

農文協の出版物とは全く異なって見える東浩紀の『一般意志２・０』⑻にも深い感銘を受けた。これも、「３・11」以後にこそ読まれるべき本だろう。

著者は、ここで、「民主主義の祖」ルソーの『社会契約論』に独創的な解釈を与えることによって、まったく新しい「民主主義」像・「政治」像・「国家」像を提供している。それは、誤解を恐れずにいうなら、従来、「民主主義」と考えられていたものとは正反対のものだ。

ぼくたちは、民主主義の理想を「熟議」に、公共的なコミュニケーションに置く。けれど、著者は、熟議への信奉こそが、ことばによるコミュニケーションを至上のものとする考えこそが、人々を政治から遠ざけたのだとする。

「人間は論理で世界全体を捉えられるほどには賢くない。論理こそが共同体を閉じるときがある。だからわたしたちは、その外部を捉える別の原理を必要としている。その探究の果てにわたしたちが辿り着いたのは、熟議が閉じる島宇宙の外部に『憐れみの海』が拡がり、ネットワークと動物性を介してランダムな共感があちこちで発火している、そのようなモデルである」

理性的なことばの世界の外側に、たとえば、インターネットの、より感情的な、より無意識に沿った世界がある。ことばで論議することしか知らない人々に、そんな世界を見せること。そのことによって、ことばの世界の狭さを気づかせること。それが可能だろうか。あるいは、そのような制度を、ぼくたちは実現できるだろうか。

反TPPの思想的な位置づけを行っているE・トッドは、一昔前の経済学者リストの主張を再評価しつつ、「自由貿易と民主主義は長期的に両立しません」と語っている⑨。ここでも、常識（「自由貿易」は開明的で「保護貿易」は保守的）は覆(くつがえ)される。

襲いかかる「津波」に抗するために、ぼくたちは、常識を疑ってかからねばならないのだ。

①『のらのら』秋号（農山漁村文化協会）②農文協ブックレット
③『季刊地域』第7号（11月）④同・第6号（8月）
⑤『世界』1月号 ⑥同前
⑦『WiLL』1月号 ⑧講談社
⑨『自由貿易という幻想』（藤原書店）

『朝日新聞』12／22・朝刊

おわりに

「2011年」という特別な年に、ぼくが書いた、ツイッター上の「ことば」、それから、小説や評論やエッセイ（もしくは、その一部、たとえば、冒頭）を、ここにおさめた。

作品全部ではなく、その一部をおさめたのは、なにを書いたのか、ではなく、なにを書こうとしたのかを、知ってもらいたいと思ったからだ。

いつもの年より、ずっとたくさんの「ことば」を、ぼくは書いた（発した）。いつもなら書かないだろう、そんな「ことば」も、ずいぶんあった。

中には、いいものも、たいしてよくないものも、つまらないものもあるだろう。繰り返しや、混乱もあるだろう。でも、ぼくは、その「ことば」たちと一緒に、真剣に、なにかを探ろうとしたのだった。

いろんな意味で、特別な本になった。こんな本を作ることは、二度とないと思う。ぼくにとっての２０１１年という年が、この本の中に封じこめられている。

この本を作るにあたっては、編集部の尾形龍太郎さんと岩本太一さんのお世話になった。彼らがいなければ、この本は存在しなかったろう。また、本の性質上、最低限の文字統一とルビの追加、明白な誤字以外は訂正しなかった。すべては、発表時のままで、なにも変えてはいない。

もちろん、「あの日」から一年近くが過ぎ、ぼくの中でも、おおくのことが変わった。ぼくの考えも変化している。いまとなっては、書き換えたいこともある。けれども、そんなことは、すべきではないと思った。

ひとりの人間が、なんの準備もなく、ある事件に巻き込まれる。その様子を、正確に再現してみたかった。読んでもらえると、ほんとうに嬉しい。

２０１２年１月６日

高橋源一郎

「あの日」からぼくが考えている
「正しさ」について

二〇一二年二月一八日　初版印刷
二〇一二年二月二八日　初版発行

著　者　高橋源一郎
装　画　坂崎千春
装　幀　佐々木暁
発行者　小野寺優
発行所　株式会社河出書房新社
東京都渋谷区千駄ヶ谷二-三二-二
電話　〇三-三四〇四-一二〇一［営業］
　　　〇三-三四〇四-八六一一［編集］
http://www.kawade.co.jp/
組　版　KAWADE DTP WORKS
印刷・製本　中央精版印刷株式会社

Printed in Japan　ISBN978-4-309-02092-1

「悪」と戦う

高橋源一郎

少年は旅立った。サヨウナラ、「世界」――衝撃のデビュー作『さようなら、ギャングたち』から29年。著者自身「いまの自分には、これ以上の小説は書けない」と語った傑作がついに刊行！

ISBN978-4-309-01980-2

柴田さんと高橋さんの
小説の読み方、書き方、訳し方

柴田元幸／高橋源一郎 共著

小説は、〝読む〟だけではもったいない。書いて、訳して、また読んでみたら、あなたも小説を100倍楽しめます……日本を代表する作家と翻訳者が贈る、初の〝三位一体〟小説入門！

ISBN978-4-309-01917-8

優雅で感傷的な日本野球（河出文庫）

高橋源一郎

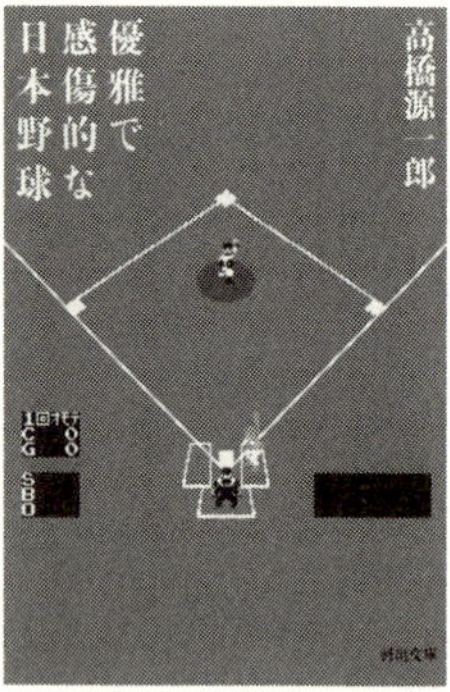

１９８５年、阪神タイガースは本当に優勝したのだろうか——イチローも松井もいなかったあの時代、言葉と意味の彼方に新しいリリシズムの世界を切りひらいた第１回三島由紀夫賞受賞作！

ISBN978-4-309-40802-6